살로메

살로메

오스카 와일드 지음

권오숙 옮김

오브리 비어즐리 그림

HU:iNE

[일러두기]

1. 『살로메』는 1892년 오스카 와일드가 불어로 극을 썼고 그것을 앨프레드 더글러스 경이 1894년에 영역을 했다. 이 책은 앨프레드 더글러스 경이 번역한 『*Salome*』를 번역 저본으로 삼았다.
2. 등장인물과 지명은 거의 『성서』 속 이름으로 통일했다. 그 외에는 국립국어연구원의 외래어 표기법에 따랐다.
3. 각주는 모두 옮긴이 주다.

초판 번역 서문

이 작품은 『셰익스피어, 그림으로 읽기』란 책의 저술을 계기로 문학과 회화를 아우르는 작업을 하다 만난 또 하나의 보물이다. 영문학자로서 그것도 드라마 전공자로서 오스카 와일드(Oscar Wilde) 특유의 탐미적 문학 세계를 잘 보여 주는 극인 『살로메』를 번역하는 일은 이루 말할 수 없이 즐거운 경험이었다. 더구나 세계 최고의 독보적 삽화가인 오브리 비어즐리(Aubrey Vincent Beardsley)의 삽화까지 만날 수 있었으니 기쁨은 배가되었다.

극작가 와일드나 삽화가 비어즐리나 모두 세계가 인정하는 예술가들이고 이들에 대한 학계의 연구 또한 활발함에도 불구하고 그들이 함께 작업한 『살로메』가 아직 국내 독자들에게 소개되지 못했다는 사실을 알고는 놀랄 수밖에 없었다. 극 자체의 외설스러운 내용과 그보다 한발 더 나아간 비어즐리의 파격적 삽화가 국내의 독자들에게 줄 충격을 걱정한 탓이었을까? 어쨌든 이는 연극을 공부하는 연극학도들에게도, 문학을 공부하는 문학도들에게도, 미술사와 미학을 연구하는 미술학자들에게도 목마른 갈증이 아닐 수 없었을 것이다. 그래서 마음 한구석의 주저를 밀쳐 두고 번역에 착수했다.

『살로메』는 1892년 와일드가 불어로 극을 썼고 그것을 알프레드 더글러스 경이 1894년에 영역을 했다. 비어즐리의 삽화는 이 영역본(英譯本)에 삽입되었다. 본 번역은 와일드의 불어본이 아니라 더글러스 경의 영역본을 번역했다.

번역을 하다 보니 등장인물의 이름 표기에서 문제가 발생했다. 와일드의 불어본과 더글러스 경의 영역본 그리고 『성서』 속 이름들이 저마다 달랐던 것이다. 결국 등장인물 대부분이 실존인물이므로 가장 잘 알려진 『성서』 속 이름으로 통일하기로 했다.

이미 서구에서는 리하르트 슈트라우스(Richard Strauss)의 오페라 <살로메>를 비롯해 많은 문화 콘텐츠로 사용되어 온 이 극이 국내 문화계에서도 소중한 콘텐츠가 되어 빛나는 예술로 재탄생되기를 은근히 기대해 본다.

권오숙

재번역본을 내면서

필자가 『살로메』 번역본을 세상에 내놓은 지 10년이 흘렀다. 초판 번역본이 절판된 상태에서 몇몇 독자의 요청으로 재번역을 하게 되었다.

와일드의 데카당스 문학이 지닌 독특한 매력에 매료되어 무작정 번역에 도전했던 10년 전의 기억이 아직도 생생하다. 하지만 재번역을 하면서 야심차게 도전했던 초판 번역에 대해 한없는 부끄러움이 밀려들었다. 당시 꽤 번역 경력이 있다고 자부하며 별 주저 없이 번역을 했지만 지금 읽어 보니 무식이 낳은 치기였다.

지난 10여 년 동안 번역가로서 경력 면에서 많은 변화가 있었다. 그 사이 셰익스피어 작품을 중심으로 여러 번역서를 출간했고, 대학에서는 '문학번역' 강좌를 지도했다. 이 외에도 번역 관련 연구 프로젝트를 다수 수행하면서 번역에 대한 자세도, 철학도 많이 발전해 왔다. 그런 필자의 눈에 비친 초판 번역은 참담하기 그지없었다.

극 속에서 이오카난이 던지는 예언들이나 저주들이 실제 성경 내용을 상당 부분 인용한 것임에도 불구하고 관련 성경 구절의 출처를 밝히지도 않았고, 인물들의 어조도 어색한 구석이 많았다. 반복적인 대사를 통해 와일드가 극에 음악성을 부여하고 인물의 집착 관념을 담아냈는데 이를 충분히 번역에 반영하지 못했다. 그렇기에 더 다듬어지고 유려해진 언어로 새 번역본을 내게 된 것이 정말 다행스럽고 기쁘다. 이렇게 재번역본을 출간할 기회를 준 한국외대 지식출판콘텐츠원에 감사할 뿐이다.

세월이 흘러 이 번역본을 읽어 보면 또 미흡한 점이 보일 터이지만 그렇게 조금씩 나아지고 발전하고자 한다.

2019년 10월

권오숙

‘그 무렵에 마침 헤로데의 생일이 돌아와서 잔치가 벌어졌는데 헤로디아의 딸이 잔치 손님들 앞에서 춤을 춰 헤로데를 매우 기쁘게 해 줬다. 그래서 헤로데는 소녀에게 무엇이든지 청하는 대로 주겠다고 맹세하며 약속했다. 그러자 소녀는 제 어미가 시키는 대로 “세례자 요한의 머리를 쟁반에 담아서 이리로 가져다주십시오” 하고 청했다. 왕은 마음이 몹시 괴로웠지만 이미 맹세한 바도 있고 또 손님들이 보는 앞이어서 소녀의 청대로 해 주라는 명령을 내리고 사람을 보내어 감옥에 있는 요한의 목을 베어 오게 했다. 그리고 그 머리를 쟁반에 담아다가 소녀에게 건네자 소녀는 그것을 제 어미에게 가져다줬다.’

-「마태복음」 14장 6-11절

전에 헤로데가 자기가 동생 빌립보의 아내 헤로디아에게 장가든 고로 이 여자를 위하여 사람을 보내어 요한을 잡아 옥에 가뒀으니 이는 요한이 헤로데에게 말하되 동생의 아내를 취한 것이 옳지 않다 하였음이라. 헤로디아가 요한을 원수로 여겨 죽이고자 하였으되 하지 못한 것은 헤로데가 요한을 의롭고 거룩한 사람으로 알고 두려워하여 보호하며 또 그의 말을 들을 때에 크게 번민을 하면서도 달갑게 들음이러라. 마침 기회가 좋은 날이 왔으니 곧 헤로데가 자기 생일에 대신들과 천부장들과 갈릴리의 귀인들로 더불어 잔치할 새 헤로디아의 딸이 친히 들어와 춤을 추어 헤로데와 함께 앉은 자들을 기쁘게 한지라. 왕이 그 소녀에게 이르되 무엇이든지 네가 원하는 것을 내게 구하라 내가 주리라 하고 또 맹세하기를 무엇이든지 네가 내게 구하면 내 나라의 절반까지도 주리라 하거늘 그가 나가서 그 어머니에게 말하되 내가 무엇을 구하리이까. 그 어머니가 이르되 세례 요한의 머리를 구하라 하니 그가 곧 왕에게 급히 들어가 구하여 이르되 세례 요한의 머리를 소반에 얹어 곧 내게 주기를 원하옵나이다 하니 왕이 심히 근심하나 자기가 맹세한 것과 그 앉은 자들로 인하여 그를 거절할 수 없는지라. 왕이 곧 시위병 하나를 보내어 요한의 머리를 가져오라 명하니 그 사람이 나가 옥에서 요한을 목 베어 그 머리를 소반에 얹어다가 소녀에게 주니 소녀가 이것을 그 어머니에게 주니라.

-「마가복음」6장 17-28절

목차

살로메

Salome

등장인물

헤로데 안티파스(유대의 왕)

이오카난(예언자)

젊은 시리아인(호위대장)

티젤리누스(로마 청년)

갑바도기아인

누비아인

병사 1

병사 2

헤로디아의 시종

유대인, 나사렛인 등

노예

나아만(참수 형리)

헤로디아(헤로데 왕의 부인)

살로메(헤로디아의 딸)

살로메의 노예들

[때]

30년경

[장소]

유대 헤로데 왕의 궁궐

(헤로데 왕의 궁궐의 연회장이 내려다보이는 거대한 발코니. 병사들이 발코니에 기대어 있다. 오른쪽으로는 큰 계단이 있고 왼쪽 후면으로는 초록색 청동벽으로 둘러쳐진 낡은 우물이 있다. 달빛이 아주 밝게 빛나고 있다.)

젊은 시리아인

오늘 밤 살로메 공주님은 너무 아름다우셔.

헤로디아의 시종

저 달 좀 봐. 정말 이상해 보이지 않아? 마치 무덤에서 일어서는 여인 같아. 죽은 여자 같단 말이야. 죽일 것을 찾고 있는 것 같아.

젊은 시리아인

기묘한 모습이군. 노란 베일을 쓰고, 은으로 된 발을 가진 어린 공주 같아. 조그마한 흰 비둘기를 발로 가진 공주 같기도 하고. 춤을 추고 있는 것 같아.[1]

헤로디아의 시중

죽은 여자 같아. 아주 천천히 움직이는군.

---

1) 젊은 시리아인은 살로메를 계속 '달'과 '비둘기'에 비유하는데 이것은 「아가서(Song of Solomon)」에서 차용한 비유다.

달빛 속의 여인(The Woman in the Moon)

(연회장에서 시끄러운 소리가 들려온다.)

병사 1

웬 소란이지? 야만스런 짐승처럼 고래고래 소리 지르는 저자들은 누구야?

병사 2

유대인들이네. 저 인간들은 늘 저 모양이라니까. 늘 자기네 종교 문제로 논쟁을 벌이지.

병사 1

종교 때문에 왜 논쟁을 하는데?

병사 2

나도 몰라. 그런데 늘 저래. 바리새인[2]들은 천사가 있다고 하고, 사두개교인[3]들은 천사가 없다고 하고.

---

2) 헤로데 왕 시대에 가장 성한 유대교의 한 종파로 형식주의와 위선에 빠져 예수를 십자가에 못 박았다.

3) 유대교의 한 종파로 바리새 교파와 서로 반목했다. 부활, 천사, 영혼의 존재를 믿지 않았다.

병사 1

그런 걸 갖고 논쟁하다니, 정말 웃기는군.

젊은 시리아인

오늘 밤 살로메 공주님이 너무 아름다우셔.

헤로디아의 시종

자넨 늘 공주님만 쳐다보는군. 공주님을 너무 쳐다본다고. 그런 식으로 사람을 쳐다보면 위험해. 좋지 않은 일이 일어날 수도 있어.

젊은 시리아인

오늘 밤 너무 아름다우셔.

병사 1

왕은 침울해 보이네.

병사 2

그러게. 침울해 보이네.

병사 1

뭔가를 보고 있는데.

병사 2

누군가를 보고 있어.

병사 1

누굴 보고 있는 거지?

병사 2

나도 몰라.

젊은 시리아인

공주님이 왜 저리 창백하시지? 저렇게 창백한 모습은 처음 봐. 마치 은으로 된 거울에 비친 흰 장미의 그림자 같아.

헤로디아의 시종

공주님 좀 그만 봐야 한다고. 공주님을 너무 본다니까.

병사 1

헤로디아 왕비가 왕의 잔을 채우는군.

갑바도기아인

진주 장식이 달린 검은 관을 쓰고 머리에 파란 분을 바른 분이 헤로디아 왕비님이세요?

병사 1

네. 저분이 왕의 아내인 헤로디아 왕비님이십니다.

병사 2

왕은 포도주를 아주 좋아하시지요. 세 종류의 포도주를 드시는데 하나는 사모드라게 섬[4]에서 만든 것으로 카이사르가 입는 외투처럼 자줏빛이지요.

갑바도기아인

전 카이사르를 본 적이 없어서요.

병사 2

또 하나는 키프로스[5]산(産) 포도주로 금처럼 노랗습니다.

갑바도기아인

전 황금 좋아합니다.

4) 에게해 동북부에 위치한 섬
5) 지중해의 동부에 위치한 섬

병사 2

나머지 하나는 시칠리아[6]산 포도주로 핏빛처럼 빨갛지요.

누비아인

우리나라 신들은 피를 아주 좋아하지요. 일 년에 두 번, 신들에게 처녀 총각을 제물로 바칩니다. 50명의 총각과 100명의 처녀를요. 하지만 그걸로는 충분하지 않은 것 같아요. 신이 우리에게 이리도 심하게 구는 걸 보면.

갑바도기아인

우리나라에는 신이 하나도 남아 있지 않습니다. 로마인들이 다 쫓아냈죠.[7] 산속에 몸을 숨긴 신이 있다고 말하는 사람들도 있긴 하지만 전 믿지 않아요. 신들을 찾기 위해 사흘 밤 동안 산을 샅샅이 찾아다녔어요. 보이지 않길래 불러 봤지요. 그래도 나타나지 않더라고요. 모두 죽은 것 같아요.

병사 1

유대인들은 보이지 않는 신을 숭배하지요.

---

6) 이탈리아 남서쪽에 있는 섬
7) 터키의 카파도키아에는 로마제국의 박해를 피해서 숨어 들어온 기독교인들이 살았던 지하 도시가 남아 있다.

갑바도기아인

난 그게 이해가 안 가요.

병사 1

정말 그 사람들은 눈에 보이지 않는 것만 믿어요.

갑바도기아인

그것도 웃긴 것 같아요.

이오카난의 목소리

내 뒤에 나보다 더 강하신 분이 오시리라. 나는 그분의 신발 끈을 풀어드릴 정도의 가치도 없는 사람.[8] 그분이 오시면 외진 곳들이 기뻐하리. 그들은 장미꽃처럼 피어나리. 눈먼 자 밝은 날을 보고 귀머거리의 귀가 뚫리리. 엄마 젖을 빠는 갓난아기가 용의 굴에 손을 집어넣고 사자들의 갈기를 잡아끌고 나오리라.[9]

병사 2

저자 입 좀 다물게 하게. 저자는 늘 이상한 소리만 지껄여 댄단 말이야.

---

8) "나는 물로 너희에게 세례를 베풀거니와 나보다 능력이 많으신 이가 오시나니 나는 그의 신발 끈을 풀기도 감당하지 못하겠노라(누가복음 3장 16절)."

9) 구약성서 이사야서 11장에 나오는 예언 내용이다.

병사 1

아냐, 아냐. 저분은 성자야. 행동거지도 아주 점잖다고. 매일 먹을 걸 가져다주면 고맙다고 인사하지.

갑바도기아인

저 사람이 누군데요?

병사 1

예언자요.

갑바도기아인

이름이 뭔데요?

병사 1

이오카난이라고 합니다.

갑바도기아인

어디서 온 사람인데요?

병사 1

사막에서 메뚜기를 잡아먹고 야생 꿀을 먹고살다 왔답니다. 낙타털로 몸을 가리고 허리에는 가죽 띠를 두르고 있었죠.[10] 몰골이 아주 흉했습니다. 그런데 아주 많은 사람이 그를 따라다녔어요. 제자들도 있었다니까요.

갑바도기아인

어떤 예언을 하는데요?

병사 1

우린 모르죠. 가끔 뭔가 무서운 말을 하는 것 같은데 무슨 말을 하는지는 알아듣지 못합니다.

갑바도기아인

그를 볼 수 있습니까?

병사 1

안 됩니다. 왕이 금하셔서.

젊은 시리아인

공주님이 부채 뒤에 얼굴을 숨기셨어. 부채질을 하는 공주님의 작고 하

---

10) "이 요한은 낙타털로 만든 옷을 입고, 허리에 가죽 띠를 둘렀으며, 그의 음식은 메뚜기와 야생 꿀이더라(마태복음 3장 4절)."

얀 손이 마치 집을 향해 날아가는 비둘기 같아. 아니, 하얀 나비 같아. 정말 하얀 나비 같아.

헤로디아의 시종

그게 자네와 무슨 상관이야? 왜 그렇게 공주님을 쳐다보는 거야? 그만 봐야 한다고. 끔찍한 일이 일어날 수도 있어.

갑바도기아인

(우물을 가리키면서) 정말 이상한 감옥이군요.

병사 2

오래된 우물입니다.

갑바도기아인

오래된 우물이라! 저 안에 사는 건 건강에 아주 해롭겠어요.

병사 2

아, 아니에요! 왕의 형님이자 헤로디아 왕비님의 첫 남편[11]이시던 분이 저곳에 12년이나 갇혀 있었는데 죽지 않았어요. 그래서 12년이 다 되어 갈 때쯤 결국 교살되었어요.

---

11) 헤로데의 이복형인 빌립보 헤로데 1세. 조카 헤로디아와 결혼해 살로메를 낳았다.

갑바도기아인

목 졸라 죽였단 말이에요? 누가 감히 그런 짓을 했죠?

병사 2

(사형집행인인 거대한 체구의 흑인을 가리키면서) 저기 저 나아만이 목을 졸랐습니다.

갑바도기아인

그는 두려워하지 않던가요?

병사 2

아니, 전혀요. 왕이 반지를 보낸걸요.

갑바도기아인

반지라뇨?

병사 2

죽음을 허락하는 반지요. 그러니 두려워할 이유가 없지요.

갑바도기아인

하지만 왕을 목 졸라 죽이다니 끔찍하군요.

병사 1

왜요? 왕도 보통 사람처럼 목이 하나밖에 없기는 마찬가진데.

갑바도기아인

그래도 좀 끔찍하군요.

젊은 시리아인

공주님이 일어나시네! 연회석을 뜨시는데! 아주 곤혹스러워 보이셔. 어, 이쪽으로 오시네. 정말 우리 쪽으로 오고 계셔. 그런데 어찌 저리 창백하실까! 저렇게까지 창백하신 적은 없었는데…….

헤로디아의 시종

보지 말라고. 제발 그만 좀 보라고.

젊은 시리아인

마치 길 잃은 비둘기 같으셔……. 바람에 몸을 떠는 수선화 같기도 하고……. 은빛 수선화 같으셔…….

(살로메 등장)

살로메

더는 앉아 있지 않을 거야. 도저히 못 앉아 있겠어. 도대체 폐하는 떨리는 눈꺼풀 아래 그 두더지 같은 눈으로 왜 계속 나만 보는 거야? 내 어머니의 남편이 나를 그렇게 바라보다니 정말 이상한 일이야. 도대체 그 눈길이 무슨 의미인지 모르겠어. 아니, 실은 너무 잘 알지.

젊은 시리아인

공주님, 연회 자리를 뜨셨군요?

살로메

이곳 공기는 정말 상큼하네요. 이제 숨을 쉬겠네요. 저 안에는 예루살렘에서 온 유대인들이 멍청한 예배를 드리면서 서로 물어뜯고 있고, 온갖 야만인이 바닥에 술을 흘려 가면서 마셔 대고 있고, 눈과 볼에 화장을 하고 머리는 꼬불꼬불 지진 서머나[12]에서 온 그리스인들, 비취로 만든 긴 손톱에 팥죽색 외투를 걸친 조용하고 신비로운 이집트인들, 거친 말투의 짐승처럼 야만스러운 로마인들이 있어요. 아! 난 로마 사람들이 정말 싫어요! 거칠고 천한 자들이 고상한 귀족처럼 거들먹거려서.

젊은 시리아인

공주님 앉으시겠습니까?

---

12) 이즈마르의 옛 이름. 소아시아 서안에 있는 항구 도시.

헤로데의 눈(The Eyes of Herod)

헤로디아의 시종

왜 공주님께 말을 거나, 아, 정말 무슨 끔찍한 일이 일어날 것 같아. 왜 그렇게 공주님을 쳐다보냐고?

살로메

달님을 보니 참 좋군요! 달님은 조그만 은화 같기도 하고 조그마한 은색 꽃 같기도 하네요. 차고 순결한 달님은 분명 처녀일 거예요. 순결한 처녀의 아름다움을 지녔어요. 맞아요, 저 달님은 한 번도 자신을 더럽힌 적 없는 처녀예요. 다른 여신들처럼 달님은 남자에게 몸을 맡긴 적이 없어요.

이오카난의 목소리

보라! 주님이 오셨다. 사람의 아들이 가까이에 계시다. 켄타우로스들은 강물 속에 숨고 님프들은 강을 떠나 숲속 나뭇잎 밑에 숨어 있다.

살로메

저렇게 소리를 지르는 자가 누구냐?

병사 2

예언자입니다, 공주님.

살로메

아, 예언자! 왕이 두려워한다는 그 예언자 말이냐?

병사 2

그건 잘 모르겠습니다, 공주님. 소리를 지르고 있는 자는 예언자 이오카난입니다.

젊은 시리아인

가마를 가져오게 할까요, 공주님? 정원의 밤이 아름답습니다.

살로메

저자가 어머니에 대해 악담을 한다지?

병사 2

저 사람이 하는 말은 알아들을 수가 없습니다, 공주님.

살로메

맞아. 저자는 어머니에 대해 악담을 한대.

(노예 등장)

노예

공주님, 폐하께서 연회장으로 돌아오시랍니다.

살로메

난 안 갈 거야.

젊은 시리아인

황공하오나 공주님. 돌아가지 않으면 혹 불상사가 생기지 않을까 염려되옵니다.

살로메

저자는 늙었느냐? 저 예언자 말이다.

젊은 시리아인

공주님, 돌아가시는 것이 좋을 것 같습니다. 제가 모시겠습니다.

살로메

예언자가…… 늙었느냐 말이다?

병사 1

아닙니다, 공주님. 아주 젊습니다.

병사 2

그건 아무도 모릅니다. 저자가 선지자 엘리야[13]라고 하는 사람들도 있습니다.

살로메

엘리야가 누구냐?

병사 2

이 나라에 살았던 예언자입니다, 공주님.

노예

공주님. 폐하께는 뭐라고 여쭐까요?

이오카난의 목소리

블레셋[14] 온 땅이여, 너를 치던 막대기가 부서졌다고 기뻐하지 말라. 뱀의 종자에서는 바실리스크[15]가 태어나고 그것이 낳은 것이 새들을

13) 구약성서 열왕기전에 등장하는 인물로 많은 예언과 기적을 행한다. 신약성서에서 예수는 신도들에게 세례자 요한이 바로 말라기가 예언한 엘리야라고 말했다. 말라기는 하나님이 자기가 오시는 길을 예비하도록 사자를 앞서 보내시리라는 것(말라기 3장 1절)과 야훼의 크고 두려운 날이 이르기 전에 예언자 엘리야를 보내시겠다는 것(말라기 4장 5절)을 예언했다.

14) 팔레스타인의 성서 속 표기. 옛 가나안 지역

15) 한 번 쏘아만 봐도 사람을 죽인다는 전설 속 동물.

집어삼키리니.[16]

살로메

아, 정말 이상한 목소리구나! 저자와 이야기를 나눠 보고 싶다.

병사 1

황송하오나 아니 되옵니다, 공주님. 폐하께서 아무도 그와 이야기를 나누는 것을 금하고 계십니다. 대사제들도 그와 이야기를 나누는 것이 금지되었습니다.

살로메

저자와 이야기를 나누고 싶다.

병사 1

아니 되옵니다, 공주님.

살로메

내 저자와 이야기를 나누겠다.

---

16) 와일드는 구약성서의 이사야 14장 29절을 차용했는데 앞 구절은 그대로이나 뒷부분은 조금 변형시켰다. "블레셋 온 땅이여 너를 치던 막대기가 부러졌다고 기뻐하지 말라. 뱀의 뿌리에서는 독사가 나겠고 그 열매는 나는 불뱀이 되리라."

젊은 시리아인

연회장으로 돌아가는 것이 좋지 않으시겠습니까?

살로메

저 예언자를 데려오너라.

(노예 퇴장)

병사 1

저희는 감히 그리 못하옵니다, 공주님.

살로메

(우물로 다가가서 안을 내려다보며) 저 아래는 정말 어둡구나! 저렇게 컴컴한 구멍 안에 있으면 정말 무섭겠다. 꼭 무덤 같아……! (*병사에게*) 내 말이 안 들리느냐? 저 예언자를 보고 싶으니 데려오라 하지 않았느냐?

병사 2

공주님. 부디 그 명령은 거두어 주시옵소서.

살로메

감히 나를 기다리게 하다니.

병사 1

공주님, 저희 목숨은 공주님의 것이오나 그 명령에는 따를 수 없사옵니다. 사실 이는 소신들에게 내릴 분부가 아니옵니다.

살로메

(젊은 시리아인을 보며) 아!

헤로디아의 시종

이런, 일이 어찌 되어 가고 있는 거야? 정녕 끔찍한 일이 벌어지고야 말 거야.

살로메

(젊은 시리아인에게 다가가서) 당신이 날 위해 해 줄 거예요. 그렇죠, 나라보스, 안 그래요? 당신이 날 위해 이 일을 해 줄 거예요. 난 늘 당신에게 친절히 대해 줬어요. 당신이 날 위해 해 줄 거예요. 저 이상한 예언자를 보고 싶은 것뿐이에요. 사람들이 저 사람 이야기를 많이 하더라고요. 폐하도 저 사람 이야기를 자주 하고요. 폐하는 저 사람을 두려워하는 것 같아요. 당신도 그가 두렵나요, 나라보스?

젊은 시리아인

저는 저자가 두렵지 않습니다, 공주님. 저는 아무도 두렵지 않습니다. 하지만 폐하께서 엄히 금하셨습니다. 그 누구도 저 우물의 뚜껑을 열지 않도록.

살로메

당신이 날 위해 이 일을 해줄 거예요, 나라보스. 그러면 내일 가마를 타고 우상 파는 가게 앞을 지나갈 때 당신을 위해 조그마한 꽃을 떨어뜨려 드릴게요. 조그마한 초록색 꽃을.

젊은 시리아인

공주님. 저는 못하옵니다. 정말 못하옵니다.

살로메

(미소를 지으면서) 당신은 날 위해 이 일을 할 거예요, 나라보스. 나를 위해 그리하리란 걸 당신도 알아요. 그러면 내일 가마를 타고 우상 파는 가게들이 있는 다리를 지나갈 때 모슬린[17] 베일 너머로 당신을 쳐다보며 미소 지어 드릴게요. 나를 보세요, 나라보스. 나를 보세요. 아! 당신이 내 청을 들어 주리리란 걸 당신도 아시죠? 아실 거예요……. 나도 당신이 이 일을 하리란 걸 알아요.

17) 속이 다 비치는 고운 면직물

공작새 스커트(The Peacock Skirt)

젊은 시리아인

(병사 3에게) 저 예언자를 데려와라. 살로메 공주님이 보고 싶어 하시니.

살로메

아!

헤로디아의 시종

아, 달이 왜 저렇게 이상하지! 마치 수의로 자신을 감추려는 죽은 여자의 손 같군.

젊은 시리아인

달이 정말 이상하군. 마치 호박색 눈을 가진 어린 공주님 같아. 모슬린 천 같은 구름 사이로 어린 공주님같이 미소 짓고 있어.[18]

(예언자가 우물에서 나온다. 살로메, 그를 보고는 천천히 뒷걸음질 친다.)

이오카난

추악함으로 가득 찬 잔을 든 자 어디 있느냐? 어느 날 은빛 왕복을 걸치

---

18) 방금 전 살로메가 젊은 시리아 호위대장에게 해 주겠다고 약속한 형상을 달에서 읽고 있다.

고 만인 앞에서 죽을 자 어디 있는가? 그를 이리 오라 하여 불모의 황야에서 그리고 왕들의 궁전에서 고함을 쳐 온 자의 목소리를 듣게 해라.

살로메

누구 이야길 하고 있는 거죠?

젊은 시리아인

아무도 모릅니다, 공주님.

이오카난

벽에 그려진 사내들의 모습, 그것도 채색된 그림으로 그려진 칼데아[19] 사내들의 모습을 보고는 욕정에 사로잡혀 칼데아 지방으로 사신들을 보냈던 그 여자는 어디 있느냐?

살로메

어머니 이야기를 하고 있군요.

젊은 시리아인

아, 아니옵니다, 공주님.

19) 바빌로니아 남부에 바빌로니아 왕국을 건설한 셈계 유목민의 한 종족

살로메

맞아요. 어머니 이야기를 하고 있는 거예요.

이오카난

허리에 화려한 벨트를 차고 머리에는 여러 빛깔의 왕관을 쓴 아시리아의 장수들에게 몸을 맡긴 여자는 어디 있느냐? 고운 리넨과 히아신스로 장식하고, 황금 방패를 들고 은으로 된 투구를 쓴 건장한 이집트 젊은이들에게 몸을 맡긴 여자는 어디 있느냐? 가서 그녀에게 이르라. 혐오스런 정념의 침대에서, 근친상간의 침대에서 일어나 그녀를 하나님께로 인도할 자의 말을 듣고 부정한 행위를 회개하라고 이르라. 그녀가 회개하지 않고 그런 혐오스런 생활에 더욱 매달릴지라도 가서 그녀에게 오라 이르라. 주님의 부채[20]가 그분의 손에 들려 있으니.

살로메

아, 저 사람은 무섭네요. 정말 무서워.

젊은 시리아인

공주님, 어서 자리를 뜨시옵소서.

---

20) 누가복음 3장 17절과 관련된 것으로 알곡과 쭉정이를 가려내는 '키'로 번역되어 있다('손에 키를 들고 자기의 타작마당을 정하게 하사 알곡은 모아 곳간에 들이고 쭉정이는 꺼지지 않는 불에 태우시리라'). 여기서는 헤로디아와 같이 악한 존재를 가려내는 신의 도구를 의미한다.

살로메

가장 무서운 건 그의 눈이에요. 티레[21]의 태피스트리에서 봤던 횃불로 지진 검은 구멍 같아요. 마치 용이 사는 검은 동굴 같고, 용들이 제 집으로 삼은 이집트의 어두운 동굴 같아요. 아름다운 달이 흐려 놓은 시커먼 호수 같기도 하고……. 그가 또 말을 할까요?

젊은 시리아인

어서 자리를 뜨시옵소서. 공주님, 부디 어서 자리를 뜨시옵소서.

살로메

너무 수척하네요! 마치 상아로 만든 가녀린 조각상 같아요. 은으로 만든 동상 같기도 하고요. 분명 그는 저 달처럼 순결할 거예요. 한 줄기 달빛 같기도 하고 은으로 만든 창 같기도 해요. 그의 몸은 분명 아주 차가울 거예요. 상아처럼……. 좀 더 가까이 가서 보고 싶어요.

젊은 시리아인

아니, 안 되옵니다, 공주님.

---

21) 지금의 수르(레바논 남부의 항구도시). 기원전 2년경부터 로마 시대에 이르기까지 페니키아의 주요 항구도시였다.

살로메

좀 더 가까이서 봐야겠어요.

젊은 시리아인

공주님! 공주님!

이오카난

나를 바라보는 이 여인은 누구냐? 나를 보지 못하게 하리라. 왜 이 여인은 황금색 칠을 한 눈꺼풀 밑의 황금빛 눈으로 나를 바라보느냐? 내 이 여인이 누군지 모르노라. 알고 싶지도 않노라. 그녀에게 가라 이르라. 내가 말하고자 하는 것은 그녀에게가 아니니.

살로메

난 헤로디아의 딸이자 유대의 공주인 살로메예요.

이오카난

물렀거라! 바빌론의 딸[22]이여! 신의 선택을 받은 자 곁에 오지 마라. 네 어미는 부정이라는 술로 세상을 더럽혔다. 그녀의 죄상이 하나님의 귀에까지 닿았느니라.

---

22) 이스라엘 사람이 아닌 이방의 여자를 뜻한다.

살로메

더 말해 보세요, 이오카난. 당신 목소리가 내 귀에는 음악처럼 들리네요.

젊은 시리아인

공주님! 공주님! 공주님!

살로메

다시 말해 보세요, 다시 말하라고요, 이오카난. 내가 어찌해야 할지 말해 주세요.

이오카난

소돔의 딸[23]아, 가까이 오지 마라! 베일로 얼굴을 가리고 머리 위에 재를 뿌리고 사막으로 가서 사람의 아들을 찾아보거라.

---

23) 소돔은 고모라와 함께 아브라함 시대에 등장하는 팔레스타인의 도시 이름으로 사해 남쪽 끝 부근에 있었던 것으로 추정된다. 구약성경을 보면 소돔과 고모라는 음행이 넘쳐나고 자만심과 교만함이 들끓었으며 가난한 사람들은 거들떠보지도 않고 사치와 유흥에 빠졌기 때문에 인간의 사악함과 그에 대한 하느님의 진노를 보여 주는 강력한 상징이 되었다. 그래서 예언자들은 도덕적으로 타락하고 부패한 이스라엘인이나 다른 민족을 묘사할 때 이 도시들을 거론하곤 했다. 여기서는 음탕한 헤로디아의 딸이라는 뜻이다.

살로메

사람의 아들이라뇨, 그가 누구인데요? 그도 당신만큼 아름다운가요, 이오카난?

이오카난

내 뒤로 숨거라! 궁궐에서 죽음의 천사가 날갯짓하는 소리를 들었노라.

젊은 시리아인

공주님, 부디 안으로 드시옵소서.

이오카난

주님의 천사여, 그대는 어이하여 칼을 들고 여기 있느냐? 이 궁궐에서 누구를 찾고 있느냐? 은빛 왕복을 입고 죽을 자의 날은 아직 도래하지 않았는데.

살로메

이오카난!

이오카난

누가 말하느냐?

살로메

난 당신의 몸을 사랑해요, 이오카난! 당신의 몸은 낫질을 한 번도 하지 않은 들판에 핀 백합처럼 하얗네요. 당신의 몸은 유대의 산 위에 쌓여 있다 계곡으로 흘러내리는 눈처럼 하얗네요. 아라비아 여왕의 정원에 핀 장미도 당신 몸처럼 하얗지는 않아요. 아라비아 여왕의 정원에 핀 장미도, 나뭇잎에 비친 새벽의 발길도, 바다의 젖가슴에 걸터앉은 달님의 둥근 가슴도……. 세상에 당신 몸처럼 하얀 것은 없어요. 그 몸을 만지게 해 주세요.[24]

이오카난

물렀거라, 바빌론의 딸아! 여자들로 인해 세상에 악이 생겼나니. 내게 말을 걸지 마라. 내 그대 말을 듣지 않으리니. 나는 오직 주님의 목소리만 듣노라.

살로메

당신 몸은 끔찍해요. 나병 환자의 몸 같아요. 뱀들이 기어 다니고 전갈들이 둥지로 삼는 회반죽 벽 같아요. 온갖 혐오스러운 것으로 가득한 흰 무덤 같아요. 끔찍해요, 당신 몸은 끔찍해요. 이오카난. 내가 사랑하는 건 당신 머리카락이에요. 당신 머리카락은 포도송이 같아요. 이두매인[25]

---

24) 여기서 사용된 많은 비유는 「아가서」에서 차용했다.

25) 보스라를 주도로 삼고 에돔에 살던 민족. 기원전 14세기에 사해 남부에 정착해서 기원전 13~8세기에 번성하다가 기원전 6세기 바벨론에 의해 무너졌다. 패망을 전

들의 땅인 에돔[26]의 포도나무에 매달린 검은 포도송이 같아요. 레바논의 삼나무 같아요. 사자와 낮에는 숨어 지내는 강도들에게 그늘을 제공해 주는 레바논의 거대한 삼나무. 달님이 얼굴을 감추고 별이 겁을 먹는 기나긴 어두운 밤도 당신의 머리만큼 검지는 않아요. 숲의 침묵도 그렇게 검지는 않아요. 세상에 당신의 머리만큼 검은 것은 없어요……. 그 머리를 만지게 해 주세요.

이오카난

물렀거라, 소돔의 딸아! 내 몸에 손대지 마라. 주님의 신전을 더럽히지 마라.

살로메

당신 머리는 끔찍해요. 온통 진흙과 먼지투성이예요. 마치 당신 머리 위에 얹힌 가시관 같아요. 당신의 목을 둘둘 감은 뱀들의 매듭 같아요. 난 당신 머리는 싫어요……. 내가 원하는 건 당신 입이에요. 당신 입은 상아로 만든 탑에 붙은 빨간 띠 같아요. 상아 칼로 두 동강 낸 석류 같아요.[27] 티레의 정원에 핀 석류꽃은 장미보다 붉지만 당신 입술처럼 붉지

후로 동쪽에서 오는 유목민들에 밀려 유다 왕국의 남부로 이주했다.

26) '에돔'은 이삭의 장남이자 야곱의 형인 에서의 별명으로 그의 후손들 또는 그 후손들이 세운 나라를 일컫는다. 히브리어로 에돔은 붉다는 뜻이다. 지금의 이스라엘, 요르단, 팔레스타인의 옛 지방이다.

27) 이 부분은 「아가서」 4장 3절에서 차용했다.

는 않아요. 왕의 출현을 알려 적들을 두렵게 만드는 붉은 트럼펫 소리도 그렇게 붉지는 않아요. 당신 입술은 포도주 압축기에서 포도주를 밟은 발보다 더 붉어요. 신전에 살며 사제들이 주는 먹이를 먹고사는 비둘기의 발보다 더 붉어요. 사자를 죽이고 도금한 호랑이를 보고 숲에서 막 나온 자의 발보다 더 붉어요. 당신 입술은 어부들이 바다의 황혼 속에서 발견한 산호 같아요. 왕들에게 바치기 위해 아껴 둔 산호 말이에요……! 당신의 입술은 모아브[28] 사람들이 모아브의 광산에서 캐낸 단사(丹沙) 같아요, 왕들이 앗아 가는 단사 말이에요. 당신의 입술은 페르시아 왕이 단사 안료로 칠하고 산호로 장식한 활 같아요. 세상에 당신 입술처럼 빨간 것은 없어요. 그 입술에 키스하게 해 주세요.

이오카난

절대 안 된다, 바빌론의 딸아! 소돔의 딸아! 절대 안 돼!

살로메

당신 입술에 키스할 거예요, 이오카난! 당신 입술에 키스할 거예요.

젊은 시리아인

공주님, 몰약(沒藥)[29]의 정원 같으시고 모든 비둘기 중의 비둘기이신

---

28) 사해(死海) 동쪽에 위치했던 시리아의 고대 왕국.

29) 쓴맛이 나며 향기가 좋고 노란색을 띤 적갈색의 수지(樹脂)를 함유한 감람과 나무. 몰약은 값비싼 향료, 향수, 화장품의 성분이었으며, 미라를 만들 때 방부제로 사용

요한과 살로메(John and Salome)

공주님, 그자를 보지 마시옵소서, 그를 보지 마시옵소서! 그자에게 그런 말씀 하지 마시옵소서. 더는 못 듣겠사옵니다……. 공주님, 부디 그런 말씀 하지 마시옵소서.

살로메

당신 입술에 키스할 거예요, 이오카난.

젊은 시리아인

아!

(젊은 시리아인, 자결해 살로메와 이오카난 사이에 쓰러진다.)

헤로디아의 시종

젊은 시리아인이 자결했다! 젊은 호위대장이 자결했다! 나의 벗이 자결했다! 내가 그에게 자그마한 향수 통과 은귀걸이를 줬는데 그는 자결하고 말았다! 아, 그가 불행한 일이 일어날 것이라 말하지 않았던가? 나도 그리 말했는데 결국 이리 되고 말았구나. 저 달이 죽일 것을 찾고 있다는 것은 알았지만 그것이 그일 줄은 몰랐다. 아! 나는 왜 그를 저 달로부터 숨기지 않았던가? 내가 그를 동굴 속에 숨겼더라면 저 달이 그를 보지 못했을 텐데.

되어 고대 근동 지방이나 중동 지역에서 아주 귀하게 여겼다.

병사 1

공주님. 젊은 호위대장이 방금 자결했습니다.

살로메

당신 입술에 키스하게 해 주세요, 이오카난.

이오카난

헤로디아의 딸아. 그대는 두렵지 않느냐? 내가 그대에게 궁궐에서 죽음의 천사가 날갯짓하는 소리를 들었다고 하지 않았더냐? 결국 그가 오지 않았느냐?

살로메

당신 입술에 키스하게 해 주세요.

이오카난

간음녀의 딸아, 그대를 구할 수 있는 자는 오직 한 분. 내가 말했던 그분이시다. 가서 그분을 찾아라. 그분은 지금 갈릴리 바다의 배 위에서 제자들과 이야기를 나누고 계시다. 해변에 무릎을 꿇고, 그분의 존함을 불러라. 그분은 자신의 이름을 부르는 모든 이의 부름에 응하시니, 그분이 오시거든 발밑에 쓰러져 그대의 죄를 사해 달라고 빌어라.

살로메

당신 입술에 키스하게 해 주세요.

이오카난

저주를 받을지어다, 근친상간을 범한 여인의 딸아. 저주를 받을지어다.

살로메

당신 입술에 키스할 거예요, 이오카난.

이오카난

내 그대를 보지 않으리. 그대는 저주를 받았다, 살로메, 그대는 저주를 받았다.

(이오카난, 우물 속으로 내려간다.)

살로메

당신 입술에 키스할 거예요, 이오카난. 당신 입술에 키스할 거예요.

병사 1

이 시체를 다른 곳으로 치워야 해. 폐하께서는 자신이 죽인 자들의 시체를 빼고는 시체를 보고 싶어 하지 않으시니.

헤로디아의 시종

그는 나의 형제였다, 아니 형제보다 더 가까웠다. 난 그에게 향수가 가득 든 작은 상자와 그가 항상 끼고 다녔던 마노[30] 반지를 줬지. 저녁이면 우린 강가와 아몬드 나무 사이를 걷곤 했다. 그는 자기 나라 이야기를 하곤 했는데. 그는 늘 아주 낮은 목소리로 말했지. 그의 목소리는 플루트 소리 같았고 플루트 연주자의 목소리 같았어. 그리고 강물에 비친 자기 모습을 보는 걸 아주 좋아했는데. 난 그걸 나무라곤 했지.

병사 2

자네 말이 맞아. 왕이 보지 않도록 시체를 숨겨야 해.

병사 1

왕은 이곳에 안 오실 거야. 왕은 테라스에는 절대 안 와. 예언자를 무척 두려워하거든.

(헤로데 왕과 헤로디아 왕비, 궁정 안 모든 이와 함께 등장.)

헤로데

살로메는 어디 있느냐? 공주는 어디 있느냐? 내가 명령했건만 공주는

30) 수정과 같은 석영 광물의 하나로서 원석의 모습이 말의 뇌수를 닮았다고 해서 마노라고 이름 붙여졌다.

플라토닉 탄식((The Platonic Lament)

어찌 연회석으로 돌아오지 않는 게냐? 아! 저기 있군!

헤로디아

그 애 좀 그만 보셔야 해요. 폐하는 늘 그 애만 보고 계십니다.

헤로데

오늘 밤 달이 아주 이상하군. 이상하지 않소? 미친 여자 같아, 연인을 찾아 사방 헤매는 미친 여자. 그것도 알몸으로, 완전 알몸으로. 구름이 그녀의 알몸을 가리려고 하나 그러지 못하게 할 게야. 하늘에 자신의 알몸을 드러내고 있어. 술 취한 여자처럼 구름 사이로 눌레들 감고 있군. 분명 연인을 찾고 있는 거야. 술 취한 여자처럼 물레를 감고 있지 않소? 미친 여자 같지 않소?

헤로디아

아니요. 저 달은 그냥 달 같아요. 안으로 들어가십시다. 여기서는 아무것도 할 게 없어요.

헤로데

난 여기 있겠소! 므나쎄, 저기에 카펫을 깔고 횃불을 밝혀라. 상아 테이블과 옥 테이블들을 가져오너라. 이곳 공기는 상큼하구나. 내 귀빈들과 포도주를 더 마실 것이다. 카이사르가 보낸 사절들에게 경의를 표해야 하니.

헤로디아

그들 때문에 여기 계시려는 게 아니지요.

헤로데

맞소. 공기가 아주 상큼하기 때문이오. 자, 헤로디아, 손님들이 우릴 기다리고 있소. 아! 미끄러졌다! 피에 미끄러졌어! 이건 불길한 징조야. 아주 불길한 징조. 왜 여기 피가 있느냐……? 이 시체, 이게 웬 시체냐? 내가 하객들에게 시체만 보여 주는 향연을 베푸는 이집트 왕인 줄 아느냐? 이게 누구의 시체냐? 내 저걸 보지 않으리라.

병사 1

소신들의 대장님입니다, 폐하. 3일 전에 폐하가 호위대장을 삼은 젊은 시리아인입니다.

헤로데

난 그를 죽이라는 명령을 내린 적이 없다.

병사 2

스스로 자결하셨습니다, 폐하.

헤로데

뭣 때문에? 내가 그를 내 호위대장으로 삼았는데!

병사 2

저희도 모르옵니다, 폐하. 하나 스스로 자결하셨습니다.

헤로데

이상하군. 자살은 로마 철학자들이나 하는 줄 알았는데. 티젤리누스, 로마 철학자들이 자살하지 않소?

티젤리누스

자살하는 사람도 있습니다, 폐하. 그들은 스토아학파[31] 사람들입니다. 스토아학파 사람들은 교양이라곤 없는 자들입니다. 아주 이상한 사람들이지요. 소인도 그들을 아주 이상하다고 생각합니다.

---

31) 스토아학파의 창시자는 제논(Zenon, 340-265 B.C.)으로 이들의 철학은 500여 년 동안 지속되었다. 스토아학파에서 현인은 철저히 이성적인 판단에 의거해서 냉철함과 고요함의 경지를 즐기는 사람들이다. 그들은 감정은 잘못된 비이성적인 판단 때문에 생겨난다고 믿었다. 예를 들어 탐욕은 돈과 부란 매우 좋은 것이고 따라서 가능한 모든 수단을 동원해서 획득해야 한다는 거짓된 판단에서 생겨나고, 죽음에 대한 공포심은 죽으면 진리의 원천인 자연으로 돌아간다는 것을 모르기 때문에 생겨나는 것이고, 연민이나 동정심은 내가 남보다 우월하다는 잘못된 판단 때문에 생겨나는 것이라 여겼다. 따라서 일체의 감정은 이성적인 올바른 판단을 방해하는 것이므로, 어떤 상황에서도 이성적인 냉철함을 획득해야만 행복할 수 있다고 생각했다. 그런데 흔들림 없는 평정 상태를 유지하기란 쉽지 않아서 스토아학파 사람들이 자살을 많이 했다. 자살을 통해 아예 진리의 원천인 자연(=신=존재)으로 돌아가려고 한 것이다.

헤로데

나도 그래. 자살을 하다니 우스운 짓이지.

티젤리누스

로마 사람들은 모두 그들을 조롱합니다. 황제 폐하가 그들을 풍자하는 시를 한 편 썼는데 그것이 사방에서 읽히고 있습니다.

헤로데

아! 카이사르 폐하가 그들에 대한 풍자시를 쓰셨다고? 카이사르께서는 정말 대단하시군. 별 재능을 다 갖고 계셔. 저 젊은 시리아인이 자살을 하다니 이상하군. 자살을 하다니 안 됐어. 정말 안 됐어. 보기 좋은 사람이었는데. 아주 잘생겼지. 그는 아주 슬픈 눈을 지녔었지. 그자가 살로메를 울적하게 바라보는 걸 본 적이 있어. 사실 그자가 살로메를 지나치게 본다고 생각했지.

헤로디아

그 애를 너무 많이 쳐다보는 자가 또 있지요.

헤로데

그자의 아비도 왕이었소. 내가 그를 자기 왕국에서 몰아냈지. 그자의 어미였던 왕비는 헤로디아 당신이 노예로 삼았지. 그래서 그가 여기 오게 되었고 바로 그 때문에 그를 호위대장으로 삼았지. 그런데 죽다니 안 됐군. 여봐라. 왜 이 시체를 여기 두었느냐? 다른 곳에 치웠어야지. 보고 싶지 않으니 당장 치워라! *(병사들 시체를 들고 나간다.)* 여긴 춥군. 바람이 부네. 바람이 불지 않소?

헤로디아

아니요, 바람은 없습니다.

헤로데

바람이 분다니까……. 그리고 허공에서 날갯짓 같은 소리가 들려. 거대한 날개가 펄럭이는 것 같은 소리. 안 들리오?

헤로디아

아무 소리도 안 들립니다.

헤로데

이제 안 들리는군. 하지만 아깐 분명히 들렸어. 바람 소리였나 보군. 이젠 사라졌어. 아니 다시 들리는데. 안 들리오? 날갯짓 소리랑 똑같은데.

헤로디아

아무 소리도 안 들린다 말씀드렸습니다. 폐하, 몸이 좋지 못한가 봅니다. 안으로 드시지요.

헤로데

난 아프지 않소. 죽을 것처럼 아파보이는 건 당신 딸이요. 저렇게 창백한 모습은 처음 보오.

헤로디아

그 애를 보지 말라 하지 않았습니까?

헤로데

포도주를 따르라. *(술을 들여온다.)* 살로메, 나와 포도주 한잔 하자꾸나. 여기 아주 훌륭한 포도주가 있다. 카이사르께서 직접 보내신 거다. 네 조그마한 빨간 입술을 이 포도주에 살짝 담그기만 하면 나머지는 내가 다 마셔 버리마.

살로메

목마르지 않사옵니다, 폐하.

헤로데

당신 딸이 대답하는 걸 들었소?

헤로디아

저 애가 옳아요. 왜 늘 저 애만 쳐다보고 계십니까?

헤로데

잘 익은 과일을 가져오너라. *(과일을 들여온다.)* 살로메, 이리 와서 함께 과일을 먹자꾸나. 과일에 너의 조그마한 잇자국이 난 것을 보고 싶다. 이 과일을 한 입만 베면 나머지는 내가 먹으마.

살로메

배고프지 않사옵니다, 폐하.

헤로데

(헤로디아에게) 당신 딸이 어찌 자랐는지 보시오.

헤로디아

저와 제 딸은 왕족 출신입니다. 폐하로 말씀드리자면 아버지가 낙타몰이꾼이셨죠! 도둑이자 강도이기도 했고요!

헤로데

당치 않은 소리!

헤로디아

그게 사실임은 폐하께서 잘 아십니다.

헤로데

살로메, 와서 내 곁에 앉거라. 네 어미의 왕좌를 네게 주마.

살로메

피곤하지 않사옵니다, 폐하.

헤로디아

저 애가 폐하를 어찌 생각하는지 아시겠지요?

헤로데

내게…… 내가 뭘 시키려 했지? 생각이 안 나네. 아! 아! 맞다.

이오카난의 목소리

때가 왔음을 보라! 내가 예언한 대로 되었다. 내가 말한 날이 다가왔다.

헤로디아

저자가 조용히 하게 하세요. 저자 목소리는 듣고 싶지 않습니다. 저자는 늘 제 험담을 해 댑니다.

헤로데

당신 험담은 하나도 하지 않았소. 게다가 저자는 아주 위대한 예언자요.

헤로디아

저는 예언 따윈 믿지 않습니다. 사람이 어찌 앞날을 알 수 있단 말입니까? 그건 아무도 모르옵니다. 게다가 저자는 늘 제 욕을 합니다. 하지만 폐하는 저자를 두려워하는 것 같습니다. 폐하가 저자를 두려워한다는 걸 잘 알고 있습니다.

헤로데

나는 저자를 두려워하지 않소. 난 아무도 두려워하지 않소.

헤로디아

폐하는 저자를 두려워하십니다. 만약 그렇지 않다면 왜 그를 유대인들에게 넘겨주지 않으십니까? 지난 6개월 동안 그렇게 그를 내놓으라고 아우성들인데?

유대인 1

맞습니다, 폐하. 저자를 저희 손에 넘기는 게 나았을 것이옵니다.

헤로데

그 이야긴 그만하시오. 이미 그대들에게 내 답을 주질 않았는가? 저자를 그대들에게 넘겨줄 생각이 없소. 저자는 신성한 사람이오. 하나님을 직접 본 자란 말이오.

유대인 1

그럴 리 없사옵니다. 선지자 엘리야 이후에 주님을 뵌 자는 없사옵니다. 엘리야가 주님을 직접 본 마지막 사람이옵니다. 요즘에는 주님이 모습을 드러내지 않으시옵니다. 숨으셨습니다. 그래서 이렇게 사악한 일들이 이 땅에서 벌어지고 있는 것이옵니다.

유대인 2

정말 그렇사옵니다. 엘리야조차도 정말 주님을 봤는지는 아무도 모르옵니다. 그가 본 것이 그저 주님의 그림자인지도 모를 일이옵니다.

유대인 3

주님은 숨으신 적이 없소. 그분은 언제 어디서나 모습을 보이십니다. 그분은 선(善)에 거하는 것처럼 악(惡)에도 거하십니다.

유대인 4

자네 그렇게 말해선 안 되지. 그건 아주 위험한 주장이야. 그건 그리스

철학을 가르치는 알렉산드리아에서 나온 주장이지. 그리스 사람들은 이방인들이고 할례도 하지 않는다고.

유대인 5

하나님이 어떻게 작용하시는지는 아무도 모르죠. 하나님의 방식은 아주 모호합니다. 우리가 악이라고 부르는 것이 선일 수도 있고, 선이라고 부르는 것이 악일 수도 있습니다. 그 어떤 것도 정확히 알 수 없습니다. 다만 우리는 하나님이 아주 강한 존재이기 때문에 그분의 뜻에 머리를 조아리는 것뿐입니다. 그분은 강한 자든 약한 자든 함께 파괴하시는데 그건 그분이 인간에 대해 별 관심이 없기 때문입니다.

유대인 1

말 한 번 잘했소. 정말 신은 무서운 존재입니다. 하나님은 인간이 옥수수를 반죽 속에서 으깨듯이 강한 자든, 약한 자든 부셔 버립니다. 하지만 저자는 분명 하나님을 본 적이 없습니다. 선지자 엘리야 이후로 하나님을 본 사람은 아무도 없으니까요.

헤로디아

저 사람들 입 좀 막으세요. 지겨워 죽겠어요.

헤로데

하지만 나는 이오카난이 진정 그대들의 선지자 엘리야라고 하는 말을 들은 적이 있소.

유대인들

그럴 리가 없사옵니다. 선지자 엘리야는 삼백 년 이상이나 전에 산 사람이옵니다.

헤로데

저자가 선지자 엘리야라고 하는 사람들이 있었소.

나사렛인 1

저분이 선지자 엘리야가 분명하옵니다.

유대인들

아니옵니다. 저자는 선지자 엘리야가 아니옵니다.

이오카난의 목소리

그날이 가까이 왔음을 보라. 주님의 날이. 저 산 위에서 이 세상의 구세주가 되실 그분의 발소리가 들리노라.

헤로데

저게 무슨 소리요? 세상의 구세주라니?

티젤리누스

그것[32]은 카이사르께서 취하신 호칭이옵니다.

헤로데

하지만 카이사르가 유대로 오고 계시진 않잖아. 바로 어제 로마에서 편지가 왔는데 그런 이야기는 없으셨어. 그리고 지난겨울 동안 로마에 머물렀던 티젤리누스, 그대도 이런 이야긴 들은 바가 없지 않소?

티젤리누스

그렇사옵니다, 폐하. 다만 그 칭호에 대해 말씀드리는 것뿐이옵니다. 그 칭호는 카이사르께서 쓰시는 칭호 중 하나이옵니다.

헤로데

하지만 카이사르는 통풍이 심해서 못 오실 게요. 그의 발이 코끼리 발처럼 퉁퉁 부었다고 들었소. 또한 나라 일 때문에도 아니 오실 게요. 로마를 떠나면 로마를 잃을 테니, 그는 오지 않을 게요. 하지만 그분은 군주이니 오고 싶으면 오시겠지. 그래도 그분은 오지 않을 것이오.

---

32) '세상의 구세주'를 가리킨다.

나사렛인 1

저 예언자는 카이사르를 말하는 것이 아니옵니다, 폐하.

헤로데

어째서……? 카이사르 이야기가 아니라고?

나사렛인 1

그렇사옵니다, 폐하.

헤로데

그럼 누구 이야기란 말이냐?

나사렛인 1

메시아가 오셨단 말씀이옵니다.

유대인 1

메시아는 오시지 않았소.[33)]

33) '메시아'란 구세주를 뜻하는데 유대교에서는 예수를 하나님이 보내신 구세주로 인정하지 않는다.

나사렛인 1

그분이 오셔서 사방에서 기적을 행하고 계시오!

헤로디아

호! 호! 기적이라! 난 기적 같은 건 믿지 않아. 기적을 너무 많이 봤거든.

나사렛인 1

그분은 진짜 기적을 행하십니다. 갈릴리의 작지만 중요한 어떤 마을의 결혼식에서 그분은 물을 포도주로 바꾸셨습니다.[34] 그 자리에 있었던 사람들에게서 직접 들은 말이옵니다. 또한 가버나움 성문 앞에 앉아 있던 나병 환자를 그분이 만지기만 했는데 병이 다 나았습니다.[35]

나사렛인 2

아니야. 그분이 가버나움에서 고쳐준 자들은 장님 두 명이었어.[36]

나사렛인 1

아니, 나병 환자요. 그러나 장님도 고치긴 고쳤죠. 그리고 산 위에서 그분이 천사들과 이야기 나누는 것을 본 사람도 있사옵니다.

---

34) 갈릴리 가나 마을에서 보인 기적으로 요한복음 2장 1-11절에 나온다.
35) 마태복음 8장 1-8절에 나오는데 가버나움 성문 앞이라고 언급되어 있지는 않다.
36) 이 기적은 마태복음 9장 27-31절에 나온다.

사두개 교인

세상에 천사가 어디 있어.

바리새인

천사가 왜 없어? 하지만 그 사람이 천사와 이야기를 나누었다는 말은 안 믿어.

나사렛인 1

그분이 천사들과 이야기하는 걸 많은 사람이 목격했소.

헤로디아

이 사람들은 정말 지겨워! 아주 웃기는 사람들이야! 다들 아주 웃기다니까! *(시종에게)* 부채를 달라니까? (*시종이 부채를 건네준다.*) 넌 넋이 나간 것 같구나. 정신 차려라. 넋이 나간 자는 병든 자이니라. (*부채로 시종을 때린다.*)

나사렛인 2

야이로의 딸에게도 기적을 행했습니다.

나사렛인 1

네, 그건 정말입니다. 그건 아무도 부정 못합니다.

헤로디아

저 사람들은 미쳤어요. 달을 너무 오래 바라봤나 봐요. 그만하라고 명하세요.

헤로데

야이로의 딸에게는 어떤 기적을 행했느냐?

나사렛인 1

야이로의 딸이 죽었는데, 그분이 죽은 자들 가운데서 그녀를 일으켰사옵니다.[37]

헤로데

뭐라! 죽은 자들 가운데서 일으켰다고?

나사렛인 1

네, 폐하. 그분은 죽은 자들을 살리십니다.

헤로데

그런 짓은 안 했으면 좋겠군. 그가 그런 짓을 하는 걸 금하리라. 죽은 자를 살리는 건 허락할 수 없다. 그자를 찾아내어 내가 죽은 자를 살리는

37) 마태복음 9장 18-26절에 나온다.

걸 금한다고 일러야겠다. 그가 지금 어디 있느냐?

나사렛인 2

그분은 어디에나 계시오나 찾기는 어렵사옵니다.

나사렛인 1

지금 사마리아에 계시다고 하옵니다.

유대인 1

그가 사마리아에 있다면 메시아가 아닌 게 분명하군. 메시아는 사마리아인에게 나실 분이 아니거든. 사마리아인들은 신전에 제물을 바치지 않아 저주받은 사람들이야.

나사렛인 2

며칠 전에 사마리아를 떠나셨어요. 지금쯤은 예루살렘 근처에 계실 것이옵니다.

나사렛인 1

아니야. 거기 안 계시네. 내가 지금 예루살렘에서 오는 길인데 두 달 동안 그분 소식을 듣지 못했다 하더군.

헤로데

상관없다! 어쨌든 그자를 찾아내어 전해라. 헤로데 왕이 "그대가 죽은 자를 살려내는 것은 허락지 않노라"고 말하더라고. 물을 포도주로 바꾸든, 나병 환자나 눈먼 자를 고쳐 주든…… 그건 하고 싶으면 해도 좋다. 그런 것들을 금하지는 않으리라. 짐도 나병 환자를 돕는 건 친절한 행위라 여긴다. 그러나 누구도 죽은 자를 살려서는 안 되지. 죽은 자들이 살아나면 얼마나 끔찍하겠느냐?

이오카난의 목소리

아! 음탕한 여인! 창부 같으니! 황금빛 눈에 눈꺼풀을 황금빛으로 칠한 바빌론의 딸! 주님이 말씀하시길, 수많은 남자가 그녀에게 다가가게 해라. 그들이 돌을 들어 그녀에게 던지게 하라…….

헤로디아

저자더러 입을 다물라고 명하세요!

이오카난의 목소리

무리의 대장들이 칼로 그녀를 찌르고 방패로 짓누르게 하라.

헤로디아

아니, 저런 모욕적인 말을.

이오카난의 목소리

그리하여 이 세상에서 추악함을 모두 몰아내고 세상 모든 여인이 그녀의 혐오스런 행동을 따라 하지 않도록 배우게 하리라.

헤로디아

저자가 내 험담을 하는 것을 들으셨습니까? 당신 부인을 매도하는 데 그냥 듣고 계시렵니까!

헤로데

저자가 당신 이름을 거론하지는 않았소.

헤로디아

그게 무슨 상관입니까? 저자가 매도하려는 사람이 바로 저라는 걸 잘 알고 계시지 않사옵니까? 게다가 저는 폐하의 아내가 아니옵니까?

헤로데

사랑스럽고 고귀한 헤로디아, 지금 그대가 내 아내인 것은 사실이지만 그 전에는 내 형의 아내였소.

헤로디아

그의 품 안에서 저를 낚아챈 것은 폐하셨습니다.

헤로데

내가 그보다 강했던 것은 사실이오……. 하지만 그 문제는 더 이상 거론하지 맙시다. 그 이야긴 하고 싶지 않소. 저 예언자가 끔찍한 소릴 하는 것도 다 그 때문 아니오. 어쩌면 그것 때문에 불행한 일이 생길지도 모르오. 그 문제는 더 이상 거론하지 맙시다. 고귀한 헤로디아, 손님들께 실례를 범했소. 사랑하는 부인, 내 잔이나 채워 주시오. 자! 다들 그 멋진 은잔과 유리잔을 포도주로 채우시오. 카이사르를 위해 건배하겠소. 여기 로마에서 온 분들이 계시니 카이사르를 위해 건배해야겠소.

일동

카이사르를 위해! 카이사르를 위해!

헤로데

당신 딸 좀 보구려. 왜 저리 창백하지?

헤로디아

그 애가 창백하든 말든 폐하가 무슨 상관이십니까?

헤로데

저렇게 창백한 것은 처음 보오.

헤로디아

그 애 좀 그만 보셔야 합니다.

이오카난의 목소리

그날이 되면 태양이 검은 상복처럼 시커메지고 달은 피처럼 붉어질 것이며 하늘의 별들은 무화과나무에서 떨어지는 덜 익은 무화과처럼 땅에 떨어질 것이다.[38] 그러면 지상의 왕들은 두려움에 떨리라.

헤로디아

아! 아! 저자가 말하는 그날을 보고 싶군요. 달이 피처럼 붉고 별들이 덜 익은 무화과처럼 땅에 떨어지는 날 말이에요. 저 예언자는 술주정뱅이처럼 지껄이는군요. 하지만 저는 저 목소리를 견딜 수가 없어요. 저 목소리가 너무 싫어요. 저자에게 입 좀 다물라고 명하세요.

헤로데

그리하지 않을 것이오. 그가 말하는 것을 이해하지는 못하지만 진짜 예언일지도 모르잖소.

---

38) 예수의 재림 때 벌어진다는 환난의 양상에 대한 이런 예언은 예수도 했고, 요한도 했다. "그 무렵 환난이 지난 뒤 곧바로 해는 어두워지고 달은 빛을 내지 않으며 별들은 하늘에서 떨어지고 하늘의 세력들은 흔들릴 것이다(마태복음 24장 29절)", "또 내가 보니, 어린 양이 여섯째 봉인을 여실 때, 보라, 큰 지진이 나며 해가 머리털로 짠 천같이 검어지고 달은 피처럼 되었으며 하늘의 별들이 마치 무화과나무가 강한 바람에 흔들려 설익은 무화과가 떨어지듯이 땅에 떨어지며(요한계시록 6장 12-13절)."

헤로디아

저는 예언 따위는 믿지 않아요. 저자는 술 취한 사람처럼 떠들고 있어요.

헤로데

하나님의 포도주로 취했는지도 모르지.

헤로디아

하나님의 포도주? 그건 무슨 포도주인가요? 어느 농장에서 포도를 딴답니까? 어떤 포도주 압축기로 짠답니까?

헤로데

(이때부터 줄곧 살로메만 쳐다본다.) 티젤리누스, 최근에 로마에 있을 때 황제가 그 문제에 대해 말씀하셨소?

티젤리누스

무슨 문제에 대해 말씀입니까, 폐하?

헤로데

무슨 문제에 대해서냐고? 아! 내가 자네에게 질문을 했지? 뭘 물으려고 했는지 잊어버렸소.

헤로디아

또 딸애를 보고 계시는군요. 그 애 좀 그만 보라고 말씀드렸죠?

헤로데

당신은 그 말밖에 하지 않는구려.

헤로디아

다시 말씀드리지요.

헤로데

신전 복원에 대해 말이 많던데 무슨 조치라도 취해야 하나? 신전의 베일이 사라졌다고들 하더군, 안 그렇소?

헤로디아

그건 폐하께서 훔치지 않으셨습니까? 생각 없이 아무 말씀이나 하시는군요. 더 이상 여기 있지 않으렵니다. 들어가시지요.

헤로데

살로메, 나를 위해 춤을 춰 다오.

헤로디아

그 애가 춤추게 두지 않을 겁니다.

살로메

춤추고 싶지 않사옵니다, 폐하.

헤로데

헤로디아의 딸 살로메야, 나를 위해 춤을 춰 다오.

헤로디아

그만하세요. 그 애 좀 가만 놔두세요.

헤로데

명령이다, 살로메. 춤을 추거라.

살로메

폐하, 추지 않을 것이옵니다.

헤로디아

(웃으면서) 저 애가 폐하 말씀에 복종할 줄 아셨습니까?

헤로데

춤을 추든 말든 상관없다. 전혀 상관없어. 오늘 밤 나는 행복하거든. 아주 행복해. 이렇게 행복한 적은 없었어.

병사 1

폐하의 표정이 침울하군. 안 그런가?

병사 2

그래. 침울해 보이시는군.

헤로데

내가 어찌 행복하지 않겠는가? 세상을 지배하는 제왕이신 카이사르께서, 만물의 제왕이신 카이사르께서 나를 끔찍이 아끼시는데. 카이사르께서 내게 아주 귀한 선물들을 보내셨어. 또한 나의 적인 갑바도기아 왕을 로마로 소환하겠다고 약속하셨지. 카이사르께서는 뜻하시는 바는 뭐든 이룰 수 있으니 그자를 십자가에 매달 것이네. 진정 카이사르는 제왕이셔. 그러니 내가 행복할 수밖에. 난 정말 행복해. 이렇게 행복한 적은 없었어. 이 세상 그 무엇도 내 행복을 망칠 수 없어.

이오카난의 목소리

그는 왕좌에 앉을 것이다. 자줏빛 왕복을 입을 것이다. 손에는 신성모

독으로 가득 찬 황금 잔을 들리라. 그리고 주님의 천사가 그를 쳐서 쓰러뜨릴 것이다. 그는 구더기 밥이 되리라.

헤로디아

저자가 폐하에 대해 말하는 거 들으셨죠. 폐하가 구더기 밥이 될 거라네요.

헤로데

나에 대해 말하는 것이 아니오. 저자는 나에 대해 악담을 하지 않소. 저자가 말하는 것은 갑바도기아 왕이오. 내 적인 갑바도기아 왕 말이오. 내가 아니라 그가 구더기 밥이 될 거요. 이 예언자는 내가 형의 아내를 취한 죄를 진 것 빼고는 내게 악담을 한 적이 없소. 그건 어쩌면 그가 옳을지도 모르오. 실제 당신은 애를 못 낳지 않소?

헤로디아

애를 낳지 못한다고요, 제가요? 늘 제 딸만 바라보는 폐하가, 폐하를 위해 그 애에게 춤을 추라 하시는 폐하가 그렇게 말씀하실 수 있으세요? 참 바보처럼 말씀하시는군요. 저는 아이를 낳았지만 폐하께서는 애를 얻은 적이 없죠, 단 한 번도. 하다못해 노예에게서조차 애를 얻지 못하셨죠. 애를 낳지 못하는 것은 제가 아니고 폐하예요.

헤로데

조용히 하시오, 부인. 당신이 내 애를 낳아 주지 못했으니 하는 말이오. 저 예언자는 우리 결혼이 진정한 결혼이 아니라고 말했소. 그는 우리 결혼이 근친상간의 결혼이어서 불행한 일이 생길 거라고 예언했소……. 그의 말이 맞는 것 같소. 아니, 분명 그의 말이 맞소. 하나 지금은 그런 이야기를 할 때가 아니오. 난 이 순간 행복하고 싶소. 사실 난 지금 행복하오. 내겐 부족한 게 하나도 없으니.

헤로디아

오늘 밤 그렇게 기분이 좋으시다니 기쁘군요. 평소와는 다르시네요. 하지만 너무 늦었습니다. 안으로 드시지요. 내일 새벽에 사냥 가는 것 잊지 마십시오. 카이사르의 사절들에게 온갖 경의를 표해야 하지 않겠습니까?

병사 2

폐하가 침울해 보이네.

병사 1

그래, 정말 침울해 보이셔.

헤로데

살로메, 살로메야. 나를 위해 춤을 추거라. 나를 위해 춤을 춰 다오. 오늘 밤 왠지 슬프구나. 그래, 오늘 밤 몹시 슬프구나. 이곳에 올 때 피를 밟아 미끄러졌는데 그건 불길한 징조야. 게다가 허공에서 자꾸 날갯짓 소리가 들렸어. 거대한 날개들이 퍼덕이는 소리가. 그게 무슨 의미인지 모르겠는데…… 어쨌든 오늘 밤 울적하구나. 그러니 나를 위해 춤을 추거라, 살로메. 부탁이다. 나를 위해 춤을 춘 뒤 원하는 걸 무엇이든 말해라. 다 들어 주마. 그래, 나를 위해 춤을 춰 다오, 살로메. 그리고 원하는 걸 무엇이든 말하면 내 다 들어 주리라. 내 왕국의 반이라도 주마.

살로메

(일어나며) 진정 제가 원하는 걸 다 해 주시렵니까, 폐하?

헤로디아

춤추지 말거라, 딸아.

헤로데

원하는 것은 다 들어 주마, 왕국의 반이라도 주마.

살로메

맹세하시겠습니까, 폐하?

헤로데

맹세한다, 살로메.

헤로디아

춤추지 말거라, 딸아.

살로메

무엇을 걸고 맹세하시겠습니까, 폐하?

헤로데

내 생명, 내 왕관, 나의 신들에 걸고 맹세하마. 네가 원하는 바가 무엇이든 다 들어 주마. 네가 나를 위해 춤을 추면 내 왕국의 반이라도 주마. 오 살로메, 살로메, 나를 위해 춤을 춰 다오.

살로메

진정 맹세하셨습니다, 폐하.

헤로데

그래, 맹세했노라.

헤로디아

딸아, 춤추지 말거라.

헤로데

내 왕국의 절반도 준다니까. 살로메, 네가 만약 내 왕국의 반을 요구한다면 여왕치고는 지나치게 아름다운 여왕이 될 것이다. 여왕치고는 예쁘지 않겠소? 아! 이곳은 춥군! 찬바람이 부네. 그리고 소리가 들려……. 왜 자꾸 허공에서 날갯짓 소리가 들리지? 아! 테라스 위를 날아다니는 거대한 검은 새라도 있는 겐가? 그런데 왜 새는 안 보이지? 날갯짓 소리는 이렇게 무시무시한데. 그 날개들이 일으키는 바람 소리도 대단하고. 바람이 너무 차군. 아니, 찬 게 아니라 뜨겁군. 숨이 막혀. 내 손에 물을 좀 부어라. 눈(雪)이라도 먹게 좀 가져오너라. 내 망토 좀 풀어라. 어서! 어서! 내 망토 좀 풀라고. 아니, 그냥 두거라. 날 괴롭히는 게 이 화관이구나. 장미꽃 화관. 이 화관의 꽃들이 불타는 것 같다. 이것들이 내 이마를 태우는구나. *(헤로데, 머리에서 화관을 떼어내 식탁 위에 던진다.)* 아! 이제야 숨을 쉬겠구나. 저 꽃잎들은 정말 붉구나! 식탁보 위에 붙은 핏자국 같구나. 하지만 상관없다. 눈에 보이는 모든 것에서 상징을 찾으려는 것은 현명치 못한 짓이다. 그러면 인생이 온통 두려움에 가득 차겠지. 그보다는 차라리 핏자국이 장미꽃잎처럼 예쁘다고 말하는 게 낫지. 그렇게 말하는 것이 훨씬 낫고말고……. 하지만 이 이야긴 그만하겠다. 이제 나는 다시 행복하구나. 아주 행복해. 내게는 행복할 권리가 있지 않은가? 그대 딸이 나를 위해 춤을 출 테니. 그렇지 않느냐, 살로메? 나를 위해 춤을 추겠다고 약속했겠다?

헤로디아

그 애가 춤추게 놔두지 않을 겁니다.

살로메

폐하를 위해 춤을 추겠사옵니다.

헤로데

저 애가 하는 말 들었소? 나를 위해 춤을 춘다지 않소. 잘 생각했다, 살로메. 춤을 추고 나면 잊지 말고 원하는 것을 말하거라. 네가 원하는 것이 무엇이든 다 주마. 내 왕국의 절반이라도 말이다. 내가 그렇게 약속하지 않았더냐?

살로메

그렇게 맹세하셨사옵니다, 폐하.

헤로데

난 약속을 어긴 적이 없다. 나는 맹세를 깨는 사람이 아니다. 난 거짓말할 줄을 모르지. 내 말은 곧 왕의 말이므로 난 말한 것은 반드시 지킨다.

갑바도기아 왕은 늘 거짓말을 했지. 그는 진정한 왕이 아니고 겁쟁이거든. 내게 빚이 있으나 갚지 않을 게다. 그는 내 사절들을 모욕하기까지 했다. 상처 주는 말을 해 왔고. 그러나 카이사르께서 그자가 로마에 오면 십자가에 매다실 게다. 그리하시리란 걸 내 알고 있지. 설령 카이사르가 십자가에 매달지 않더라도 그는 죽어 구더기 밥이 될 것이다. 저 예언자가 그렇게 예언했으니. 자! 어서 추지 않고 뭐 하느냐, 살로메?

살로메

저의 노예들이 향수와 일곱 베일을 가져와 제 샌들을 벗기길 기다리고 있사옵니다. *(노예들이 향수와 일곱 개의 베일을 가져와서 살로메의 샌들을 벗긴다.)*

헤로데

아, 맨발로 춤을 추려느냐? 그래, 그래! 너의 작은 발은 하얀 비둘기 같으리라. 나무에서 춤추는 하얀 꽃 같으리라……. 아니, 안 돼. 피 위에서 춤을 추려는구나. 그곳 바닥엔 피가 있다. 피 위에서 춤을 춰서는 안 된다. 그건 좋지 못한 징조였다.

헤로디아

피 위에서 춤을 추면 어때요? 폐하가 이미 거기에 발을 푹 담그셨는데…….

헤로데

나와 무슨 상관이냐고? 아, 저 달 좀 보시오! 점점 붉어지고 있소. 피처럼 붉어지고 있단 말이오. 아! 저 예언자의 예언이 맞았소. 달이 피처럼 붉어질 거라 하지 않았소. 그가 그렇게 예언하지 않았소. 그런데 지금 달이 피처럼 붉어지고 있소. 당신 눈에는 그렇게 보이지 않소?

헤로디아

아, 네, 제 눈에도 그렇게 보이고말고요. 별들도 무화과처럼 떨어지잖아요, 안 그래요? 태양은 흑담[39]처럼 시커멓고 지상의 왕들은 두려움에 떨고요. 적어도 한 가지는 보이네요. 저 예언자는 적어도 한 가지는 맞춘 셈이에요. 실제로 지상의 왕이 두려움에 떨고 있으니……. 안으로 들어가세요. 폐하는 지금 편찮으십니다. 로마에 가면 저들이 폐하가 실성했다고 말하겠어요. 그러니 제발 안으로 들어가자고요.

이오카난의 목소리

에돔에서 오는 자 누구냐? 보스라[40]에서 오는 자 누구냐? 그의 옷이 자줏빛으로 물들고, 그 아름다운 옷을 입고 빛나는 자 누구냐? 자신의 위

---

39) '검은 천' 혹은 '염소의 검은 털'이나 '말의 긴 꼬리털'이란 뜻으로 성경에서는 종말과 관련한 흑담 재앙을 상징한다.

40) 에돔의 성읍으로, 중요한 도성 가운데 하나였고 멸망이 예고되어 있었다. 앞에서도 언급했듯이 에돔이란 붉다는 뜻으로 이 땅이 염색 공업과 관련 있음을 알 수 있다. 사해의 남서 30㎞ 지점에 있는 부세이라와 동일시된다.

대함에 우쭐해서 걷는 자 누구냐? 왜 그대 옷이 자줏빛으로 물들었느냐?[41]

헤로디아

안으로 들어가십시오. 저자의 목소리 때문에 미칠 것 같사옵니다. 저자가 고함을 치는 데서 제 딸애가 춤추게 하지 않을 것입니다. 이런 식으로 딸애를 바라보는 폐하 앞에서 저 애가 춤을 추게 하지 않을 것입니다. 한마디로 저는 저 애가 춤을 추게 놔두지 않을 거라는 말씀입니다.

헤로데

일어나지 마시오, 나의 아내이자 나의 왕비여. 그래 봐야 아무 소용없소. 살로메가 춤을 다 출 때까지 난 들어가지 않을 테니. 춤을 춰라, 살로메, 나를 위해 춤을 추거라.

---

41) "에돔에서 오시는 이분은 누구신가? 붉게 물든 옷을 입고 보스라에서 오시는 이분은 누구신가? 화려한 옷차림으로 권세 당당하게 걸어오시는 이분은 누구신가? 그는 바로 나다. 의를 말하는 자요, 구원의 권능을 가진 자다. 어찌하여 네 옷이 붉으며, 어찌하여 포도주 틀을 밟는 사람의 옷과 같으냐? 나는 혼자서 포도주 틀을 밟듯이 민족들을 짓밟았다. 민족들 가운데서 나를 도와 함께 일한 자가 아무도 없었다. 내가 분내어 민족들을 짓밟았고, 내가 격해 그들을 짓밟았다. 그들의 피가 내 옷에 튀어 내 옷이 온통 피로 물들었다(이사야 63장 1-3절)." 성서의 이 구절은 예수 재림 시 세상의 환란을 예언한 것으로 이사야는 먼저 하나님이 불경한 죄인들을 냉정하게 심판하는 모습을 서술하고 있다.

헤로디아

추지 마라, 딸아.

살로메

준비 되었사옵니다, 폐하.

(살로메, 일곱 베일의 춤을 춘다.)

헤로데

아! 멋지도다! 멋져! 당신 딸이 나를 위해 춤추는 것이 보이오? 가까이 오너라, 살로메, 가까이, 내 너에게 보상을 해 줄 테니. 아! 나를 즐겁게 해 주기 위해 춤을 춘 자에게 왕다운 대가를 치르마. 너에게 왕답게 보상해 주마. 네가 원하는 것은 무엇이든지 들어 주마. 무엇을 갖고 싶으냐? 말해 봐라.

살로메

(무릎을 꿇고) 제게 당장 은쟁반 위에다…….

헤로데

(웃으면서) 은쟁반에다? 은쟁반에다 가져다주고말고. 정말 예쁘지 않소? 그래, 은쟁반에 무엇을 담아 주랴? 오, 다정하고 아름다운 살로메

배춤(The Stomach Dance)

야, 유대의 그 어떤 딸보다 아름답구나. 은쟁반에 무엇을 담아다 주랴? 말하라. 그게 무엇이든 받게 되리라. 내 보물은 다 너의 것이다. 무엇을 갖고 싶으냐, 살로메?

살로메

(일어서면서) 이오카난의 머리를 주십시오.

헤로디아

아! 참으로 잘 말했다, 내 딸아.

헤로데

안 돼, 그건 안 된다!

헤로디아

잘 말했다, 딸아.

헤로데

안 된다, 안 돼, 살로메. 네가 원하는 게 그건 아닐 게다. 네 어미의 말은 듣지 말거라. 네 어미는 네게 항상 나쁜 것만 가르치니. 어미 말은 듣지 마라.

살로메

어머니가 시켜서 그러는 게 아니옵니다. 은쟁반에 담긴 이오카난의 목을 요구하는 것은 제가 원하기 때문이옵니다. 헤로데 왕이시여. 맹세하지 않으셨습니까? 맹세하셨음을 잊지 마시옵소서.

헤로데

나도 안다. 나의 신들에 걸고 맹세한 것을 잘 알고 있다. 하지만 살로메야, 제발 다른 것을 요청해 다오. 차라리 내 왕국의 반을 달라고 해라. 그러면 내 그것을 주리라. 네가 말한 것만은 내게 청하지 말거라.

살로메

저는 이오카난의 목을 바라옵니다.

헤로데

아냐, 아냐. 그건 줄 수 없다.

살로메

맹세하지 않으셨사옵니까, 헤로데 왕이시여.

헤로디아

그래요. 맹세하셨잖습니까? 다들 들었다고요. 모두가 듣는 데서 맹세하지 않으셨습니까?

헤로데

조용히 하시오, 부인! 내 당신에게 말하는 것이 아니오.

헤로디아

제 딸이 이오카난의 목을 요구한 것은 아주 잘한 일이에요. 그자는 저에게 모욕적인 말들을 퍼부었어요. 저에 대해 차마 입에 올릴 수 없는 말들을 했다고요. 제 딸이 어미를 얼마나 사랑하는지를 다들 알았을 겁니다. 딸아, 절대 물러나지 말거라. 폐하가 맹세하지 않았더냐, 암 맹세했고말고.

헤로데

조용히 하시오. 내게 말하지도 말고……! 살로메야, 고집 피우지 말거라. 난 늘 네게 친절히 대해 줬다. 늘 너를 사랑해 줬고……. 어쩌면 사랑이 너무 지나쳤는지도 모르지. 그러니 내게 그런 걸 요구하지 말거라. 그런 걸 요구하다니 끔찍하구나. 분명 농담일 게다. 몸뚱이에서 잘린 남자의 머리는 보기에도 끔찍하지 않겠느냐? 순결한 처녀의 눈으로 그런 것을 봐서는 안 된다. 그런 걸 가져 봐야 뭐가 좋겠느냐? 가져 봐야 좋을 게 하나도 없다. 아냐, 아냐. 네가 바라는 게 그건 아닐 게다. 내 말 들어 보거라. 내게는 엄청나게 크고 둥근 에메랄드가 있다. 카이사르의 부하가 내게 가져다준 것이다. 그 에메랄드를 들여다보면 멀리 지나가는 것을 볼 수 있다. 카이사르께서도 서커스에 그런 에메랄드를 가지고 가신다. 하지만 내 에메랄드가 더 큰 것이다. 내 것이 더 크단 걸 잘 알고 있지. 내 것이 세상에서 가장 큰 에메랄드서든. 그걸 갖지 않겠느냐? 그걸 요구하면 주마.

살로메

이오카난의 목을 원하옵니다.

헤로데

내 말을 듣지 않는구나. 전혀 듣질 않아. 제발 내 말 좀 들어 다오, 살로메.

살로메

이오카난의 목을 주시옵소서!

헤로데

아니, 아니, 넌 그걸 갖고 싶은 게 아니야. 내가 오늘 밤에 계속 널 바라봐서 그저 나를 곤혹스럽게 하려고 그리 말했을 게다. 그래, 오늘 밤에 내가 끊임없이 바라본 것은 사실이다. 그건 네가 너무 아름다웠기 때문이야. 그것이 날 애처로울 정도로 괴롭혀서 너를 너무 많이 본 게다. 하나 이제 더 이상 널 보지 않으마. 사람이 뭔가를 너무 바라보면 안 되지. 사물이든, 사람이든. 거울로 보는 것은 괜찮지만. 거울은 우리에게 허울만 보여 주니. 아! 아! 술을 가져오너라. 목이 마르구나. 살로메, 살로메야, 화해하자꾸나. 생각해 봐라…… 아! 내가 무슨 말을 하려 했더라? 뭐였더라? 아! 생각났다! 살로메야, 좀 더 가까이 오너라. 내 말을 안 듣는 것 같구나……. 살로메야, 내 흰 공작새들 알고 있지? 정원에서 우매화와 삼나무 사이를 거니는 아름다운 흰 공작들 말이다. 그 공작들의 부리는 금박을 입혔고 그것들이 먹는 곡물에는 금을 섞어 주지. 그것들의 발은 자줏빛으로 물들였고. 그것들이 울면 비가 오고, 그것들이 꼬리를 활짝 펴면 하늘에 달님이 모습을 드러내지. 그것들은 삼나무와 검은 우매화 사이를 둘씩 짝을 지어 다니고, 한 마리마다 수중 드는 노예가 한 명씩 있단다. 때때로 그 공작들은 나무 사이로 날아다니다 이내 잔디 위나 못 주변에 웅크리고 앉지. 세상에 그것들만큼 멋진 새는 없단다. 카이사르에게도 내 공작만큼 예쁜 새들은 없지. 그중 50마리를 주마. 그 공작들은 네가 어디를 가든 따라다닐 게다. 그것들에 둘러싸인 너는 마치 거대한 흰 구름에 둘러싸인 달 같을 게다. 내가 그것들을 네게 주마, 전부. 나도 100마리밖에 갖고 있지 않은데. 온 세상을 다 뒤져도 내 공작새 같은 것을 가진 왕은 없다. 하지만 전부 다 네게 주마. 다만 내가 맹세한 것을 깨게 해주고 네 입술이 요구한 것을 요구하지만 말아 다오. *(술잔을 비운다.)*

살로메

이오카난의 목을 주시옵소서!

헤로디아

잘 말했다. 내 딸아! 공작새 따위를 말하다니 정말 웃기십니다.

헤로데

조용히 하시오. 당신은 늘 울부짖어. 마치 맹수처럼 말이야. 그런 식으로 울부짖지 좀 말라고. 당신 목소리는 정말 지겨워. 조용히 하라고, 알겠소! …… 살로메야, 네가 무슨 짓을 하고 있는지 생각해 보기라. 저자는 하나님이 보낸 사람일지도 모른다. 그는 신성한 자야. 하나님의 손가락이 저자의 몸에 닿았고 하나님은 저자의 입에 무시무시한 예언을 담아 주셨다. 사막에서처럼 궁궐에서도 하나님은 그와 함께 계실 게다……. 적어도 그분은 그러실 게다. 아무도 알 수는 없지만 하나님이 그와 함께하고 그를 보호할 수도 있어. 또 그가 죽으면 내게 좋지 못한 일이 벌어질 수도 있어. 실제 그가 죽는 날 누군가에게 좋지 못한 일이 벌어질 거라고 그는 말했지. 그런 일이 내게 벌어지지 않으면 누구에게 벌어지겠느냐? 내가 이곳으로 올 때 피를 밟은 것을 잊지 마라. 또한 허공에서 날갯짓 소리가 내게 들리지 않았더냐, 거대한 날개가 퍼덕이는 소리가? 그것들은 모두 불길한 징조다. 다른 것들도 있었다. 비록 눈에 보이지는 않았지만 분명 다른 것들도 있었어. 좋지 못한 일이 내게 벌어지는 걸 바라지는 않겠지, 살로메? 내 말을 다시 들어 봐라.

살로메

이오카난의 목을 주시옵소서!

헤로데

아! 내 말을 듣고 있지 않구나. 냉정해라. 나도 냉정하지 않느냐? 난 지금 아주 냉정하단다. 들어 보거라. 이곳에 나는 많은 보물을 숨겨 놓았다, 네 어미도 본 적이 없는 보물들을. 보기만 해도 아주 멋진 것들이지. 네 줄짜리 진주 목걸이가 있는데 그것은 은줄에 꿴 달들 같단다. 황금 그물에 걸린 50개의 달 같기도 하고. 예전에 어떤 여왕의 상아빛 가슴에 걸려 있던 것이다. 네가 그걸 걸면 여왕처럼 아름다울 게다. 내겐 두 가지 종류의 자수정도 있다. 하나는 그냥 포도주처럼 새까맣고, 또 하나는 물을 섞은 포도주처럼 빨갛지. 호랑이의 눈처럼 노란 토파즈도 있고 산비둘기 눈처럼 분홍빛인 토파즈도 있으며 고양이 눈처럼 초록빛인 토파즈도 있다. 얼음처럼 차가운 불길로 타오르는 오팔도 있고, 사람의 마음을 슬프게 하고 그림자를 두려워하는 오팔도 갖고 있다. 죽은 여인의 눈알 같은 오닉스도 있다. 달의 모습에 따라 달라지는 월장석도 있는데 그것은 태양을 보면 파리해지지. 계란만큼 크고 파란 꽃처럼 푸른 사파이어도 있다. 그 안에서 바다가 물결치고, 달은 그 푸른 물결을 방해하지 않으며 다가온다. 또한 귀감람석과 녹주석, 녹옥수, 루비도 있고 붉은 줄무늬 마노와 풍신자석, 옥수석도 있는데 이것들을 다 주마, 몽땅. 거기다 다른 것도 얹어 주마. 인도 제국의 왕이 방금 전에 앵무새 깃털로 만든 부채 네 개를 보내 왔고, 누미디아[42]의 왕은 타조 깃털로 만든 옷을 보내 왔다. 여자들이 보는 것이 법으로 금지되어 있고 젊은 남자들은 회초리로 맞고 나서야 볼 수 있다는 크리스털도 있다. 진주층 궤에는 세 개의 멋진 터키석이 있다. 그것을 머리에 쓰면 세상에 존재하지 않는 것들을 상상할 수 있고, 그것을 손에 들고 다니면 아이를 많이 낳던 여자를 아이를 못 낳는 여인으로 바꿀 수도 있단다. 이것들은 모두 진귀한 보물이지. 값을 따질 수도 없을 만큼 진귀한. 하지만 이게 다가 아니다. 흑단 궤에는 순금 사과 같은 호박 잔이 두 개나 있다. 만약 적이 이 잔에 독을 넣으면 그것들은 은사과처럼 변한다. 호박으로 장식한 궤에는 유리로 장식한 샌들과 세레르[43] 땅에서 가져온 망토와 유프라테스강가의 도시에서 난 홍옥과 비취로 장식한 팔찌들이 있다. 이보다 더 너를 사로잡는 것이 무엇 있겠느냐, 살로메? 갖고 싶은 것을 말하면 주마. 단 한 가지만 빼고 네가 원하는 것은 다 주마. 한 사람의 목숨만 빼고 내 것은 모두 주마. 대사제의 망토를 주마. 신전의 베일도 주마.

42) 기원전 202년부터 기원전 40년까지 알제리 북부에 해당하는 북아프리카에 존재하던 왕국. 로마의 속국이었다.

43) 세네갈 서부지역.

유대인들

오! 세상에!

살로메

이오카난의 목을 주시옵소서!

헤로데

(의자에 푹 주저앉으면서) 저 계집에게 원하는 것을 가져다주어라. 정녕 그 어미의 그 딸년이로구나. *(병사 1이 다가온다. 헤로디아가 헤로데 왕의 손에서 죽음의 반지를 빼서 그 병사에게 준다. 그는 곧장 그것을 사형집행인에게 갖다준다. 사형집행인은 두려워 보인다.)* 누가 내 반지를 빼 갔느냐? 내 오른손에 반지가 있었다. 누가 내 포도주를 마셨느냐? 내 잔에는 포도주가 있었다. 가득 말이다. 누가 그걸 다 마셔 버렸어! 오! 분명 뭔가 끔찍한 일이 누군가에게 벌어질 거야. *(사형집행인이 우물로 내려간다.)* 아! 내가 왜 그런 맹세를 했던가? 앞으로는 그 어떤 왕도 맹세를 하지 못하게 하라. 맹세란 지키지 않아도 끔찍하고, 지켜도 끔찍하니.

헤로디아

내 딸, 정말 잘했다.

헤로데

정녕 끔찍한 일이 일어나고야 말 거다.

살로메

(우물 쪽으로 몸을 기울이고 경청한다.) 왜 아무 소리도 나지 않지? 아무 소리도 안 들려. 왜 저자는 소리를 지르지 않지? 아! 만약 누군가가 나를 죽이려 하면 나는 소리를 지르고, 저항하고, 가만있지 않을 텐데……. 내리쳐라, 내리쳐, 나아만, 내리치라고……. 아직도 아무 소리도 들리지 않아. 너무 조용해. 끔찍하게 조용해. 아! 뭔가 땅에 떨어졌어. 뭔가 떨어지는 소리를 들었어. 사형집행인의 칼이야. 그 노예 놈은 두려운 거야. 그래서 칼을 떨어뜨린 거야. 감히 저자를 죽이지 못하는 거야. 겁쟁이 같은 노예 놈! 병사들을 보내세요. *(헤로디아의 시종을 보더니 그에게 말한다.)* 이리 오너라. 너는 죽은 호위대장의 친구 아니냐? 그런데 그자만 죽어서야 되겠느냐? 병사들에게 가서 우물로 내려가 내가 요구한 것을 가져다주라고 명하라. 폐하가 약속한 내 것을 말이다. *(시종, 흠칫 물러선다. 살로메, 병사 쪽으로 돌아선다.)* 여봐라, 너희 병사들아, 우물로 내려가 저자의 목을 가져오너라. 폐하, 폐하, 병사들에게 이오카난의 머리를 제게 가져다주라고 명령하십시오.

(사형집행인의 거대한 검은 팔뚝이 은쟁반 위에 이오카난의 머리를 담아 들고 우물에서 나온다. 살로메가 이오카난의 머리를 잡는다. 헤로데는 망토로 얼굴을 가린다. 헤로디아는 미소를 지으며 부채질을 한다. 나사렛 사람들은 무릎을 꿇고 기도하기 시작한다.)

아, 당신은 내가 당신 입에 키스하게 해 주지 않았지, 이오카난. 자! 이제 키스할 거야. 잘 익은 과일을 깨물듯이 내 이로 당신 입을 깨물 거야. 그래, 이오카난, 난 당신 입에 키스할 거야. 내가 그럴 거라 하지 않았던가? 내가 그럴 거라고 했잖아. 아! 이제 당신 입에 키스할 거야……. 그런데 왜 당신은 나를 쳐다보지 않지? 분노와 경멸로 가득 차 그토록 무서웠던 눈이 지금은 감겨 있네. 왜 눈이 감겼지? 당신 눈을 떠 봐! 눈꺼풀을 올려 봐, 이오카난! 왜 나를 바라보지 않는 거야? 내가 무서워서 보지 않으려는 건가? …… 그리고 빨간 뱀의 날쌘 독 같던 당신의 혀도 더 이상 움직이지 않는군. 아무 말도 않고. 내게 독설을 퍼붓던 빨간 독사가. 이상하지 않아? 그 빨간 독사가 왜 더 이상 움직이지 않지? …… 당신은 나를 받아들이려 하지 않았어, 이오카난. 날 거부했지. 내게 욕설만 퍼부으면서. 나를 창녀 대하듯이 대하고 음란한 여자 대하듯이 했어, 헤로디아의 딸이자 유대의 공주인 나, 살로메를! 그런데 나는 아직 살아 있고, 당신은 죽었어. 이제 당신 머리는 내 것이 되었어. 이걸 갖고 내 맘대로 할 수 있어. 개에게 던져 줄 수도 있고 하늘을 나는 새에게 던져 줄 수도 있어. 개가 먹다 남긴 것을 하늘의 새가 먹게 할 거야…….

무희의 포상(The Dancer's Reward)

아, 이오카난, 이오카난, 당신은 세상 남자들 가운데 내가 사랑한 단 한 사람이었어! 다른 남자들은 다 혐오스러운데 당신은 사랑스러웠어! 당신 몸은 은으로 된 발 위에 세워진 상아 기둥이었어. 비둘기와 은색 백합이 가득한 정원이었어. 상아로 외장이 장식된 은탑이었어. 세상에 당신 몸처럼 하얀 것은 없어. 세상에 당신 머리만큼 검은 것도 없고. 세상에 당신 입만큼 붉은 것도 없어. 당신 목소리는 이상한 향을 뿜어내는 향로였어. 그리고 당신을 보자 이상한 음악이 들렸지. 아! 왜 당신은 나를 바라보지 않았어, 이오카난? 당신은 손과 욕설 뒤에 당신의 얼굴을 숨겼지. 당신은 신을 보고자 하는 사람의 가리개로 당신 눈을 가렸지. 이오카난, 당신은 당신 신만 보고 나는, 나는 보려 하지 않았어. 당신이 날 봤다면 분명 날 사랑했을 거야. 나는 당신을 봤고 당신을 사랑했어. 아, 내가 당신을 얼마나 사랑했는데! 나는 아직도 당신을 사랑해, 이오카난. 나는 당신만을 사랑해……. 나는 당신의 아름다움 때문에 목말라. 당신의 몸을 갈망해. 포도주도 사과도 내 욕망을 잠재우지 못해. 이제 나는 어쩌면 좋아, 이오카난? 홍수로도 엄청난 물로도 내 격정을 식힐 수가 없어.[44] 공주인 나를 당신은 경멸했지. 나는 순결한 처녀였는데 당신은 내 그 순결을 앗아 갔어. 나는 청순한 여자였는데 당신이 내 혈관에 불을 질렀어. 아! 아! 왜 당신은 나를 보지 않았지? 당신이 나를 봤다면 분명 나를 사랑했을 텐데. 당신이 나를 사랑했을 거라는 걸 난 잘 알아. 사랑의 신비로움은 죽음의 신비로움보다 더 강한 거야.

44) 이 부분은 「아가서」 8장 7절에서 차용했다.

절정(The Climax)

헤로데

당신 딸년은 괴물이야, 괴물이라고. 정말 저 애가 한 짓은 너무도 끔찍한 죄야. 분명 우리가 잘 모르는 신에게 끔찍한 죄를 저지른 거야.

헤로디아

저는 내 딸의 행동이 아주 맘에 들어요. 아주 잘한 거예요. 이제 저는 여기 있을 겁니다.

헤로데

(일어나면서) 아! 내 형의 아내가 그리 말하시는군! 가자! 나는 이곳에 있지 않겠다. 가자. 분명 뭔가 무서운 일이 생기리라. 마나쎄, 이사차, 오지아스, 횃불을 꺼라. 아무것도 보지 않으련다. 그 무엇도 나를 보지 못하게 하겠다. 횃불을 꺼라! 달을 가려라! 별들도 가려라! 궁궐 안에 숨자. 헤로디아. 난 두려워지기 시작했소.

(노예들이 횃불들을 끈다. 별들이 사라진다. 커다란 구름이 달을 완전히 가린다. 무대는 완전히 컴컴해진다. 헤로데 왕이 층계를 오르기 시작한다.)

살로메의 목소리

아! 당신 입에 키스했어, 이오카난, 당신 입에 키스했다고. 그런데 당신 입술에선 쓴맛이 나네. 피의 맛인가? 아니, 아마 사랑의 맛이었을 거야…… 사랑은 쓰다고들 하잖아. 하지만 그러면 어때, 그럼 어떠냐고? 당신 입에 키스했는데, 이오카난, 당신 입에 키스했다고.

(살로메에게 달빛이 비춘다.)

헤로데

(*몸을 돌려 살로메를 보면서*) 저 계집을 죽여라!

(병사들이 달려들어 방패로 헤로디아의 딸, 유대의 공주 살로메를 짓누른다. 막이 내린다.)

살로메의 죽음

살로메

Salome

A great terrace in the Palace of Herod, set above the banqueting-hall. Some soldiers are leaning over the balcony. To the right there is a gigantic staircase, to the left, at the back, an old cistern surrounded by a wall of green bronze. The moon is shining very brightly.

THE YOUNG SYRIAN

How beautiful is the Princess Salome to-night!

THE PAGE OF HERODIAS

Look at the moon. How strange the moon seems! She is like a woman rising from a tomb. She is like a dead woman. One might fancy she was looking for dead things.

THE YOUNG SYRIAN

She has a strange look. She is like a little princess who wears a yellow veil, and whose feet are of silver. She is like a princess who has little white doves for feet. One might fancy she was dancing.

THE PAGE OF HERODIAS

She is like a woman who is dead. She moves very slowly.

(Noise in the banqueting-hall.)

FIRST SOLDIER

What an uproar! Who are those wild beasts howling?

SECOND SOLDIER

The Jews. They are always like that. They are disputing about their religion.

FIRST SOLDIER

Why do they dispute about their religion?

SECOND SOLDIER

I cannot tell. They are always doing it. The Pharisees, for instance, say that there are angels, and the Sadducees declare that angels do not exist.

FIRST SOLDIER

I think it is ridiculous to dispute about such things.

THE YOUNG SYRIAN

How beautiful is the Princess Salome to-night!

THE PAGE OF HERODIAS

You are always looking at her. You look at her too much. It is dangerous to look at people in such fashion. Something terrible may happen.

THE YOUNG SYRIAN

She is very beautiful to-night.

FIRST SOLDIER

The Tetrarch has a sombre aspect.

SECOND SOLDIER

Yes; he has a sombre aspect.

FIRST SOLDIER

He is looking at something.

SECOND SOLDIER

He is looking at some one.

FIRST SOLDIER

At whom is he looking?

SECOND SOLDIER

I cannot tell.

THE YOUNG SYRIAN

How pale the Princess is! Never have I seen her so pale. She is like the shadow of a white rose in a mirror of silver.

THE PAGE OF HERODIAS

You must not look at her. You look too much at her.

FIRST SOLDIER

Herodias has filled the cup of the Tetrarch.

THE CAPPADOCIAN

Is that the Queen Herodias, she who wears a black mitre sewed with pearls, and whose hair is powdered with blue dust?

FIRST SOLDIER

Yes; that is Herodias, the Tetrarch's wife.

SECOND SOLDIER

The Tetrarch is very fond of wine. He has wine of three sorts. One which is brought from the Island of Samothrace, and is purple like the cloak of Caesar.

THE CAPPADOCIAN

I have never seen Caesar.

SECOND SOLDIER

Another that comes from a town called Cyprus, and is as yellow as gold.

THE CAPPADOCIAN

I love gold.

SECOND SOLDIER

And the third is a wine of Sicily. That wine is as red as blood.

THE NUBIAN

The gods of my country are very fond of blood. Twice in the year we sacrifice to them young men and maidens: fifty young men and a hundred maidens. But I am afraid that we never give them quite enough, for they are very harsh to us.

THE CAPPADOCIAN

In my country there are no gods left. The Romans have driven them out. There are some who say that they have hidden themselves in the mountains, but I do not believe it. Three nights I have been on the mountains seeking them everywhere. I did not find them, and at last I called them by their names, and they did not come. I think they are dead.

FIRST SOLDIER

The Jews worship a God that one cannot see.

THE CAPPADOCIAN

I cannot understand that.

FIRST SOLDIER

In fact, they only believe in things that one cannot see.

THE CAPPADOCIAN

That seems to me altogether ridiculous.

THE VOICE OF IOKANAAN

After me shall come another mightier than I. I am not worthy so much as to unloose the latchet of his shoes. When he cometh the solitary places shall be glad. They shall blossom like the rose. The eyes of the blind shall see the day, and the ears of the deaf shall be opened. The sucking child shall put his hand upon the dragon's lair, he shall lead the lions by their manes.

SECOND SOLDIER

Make him be silent. He is always saying ridiculous things.

FIRST SOLDIER

No, no. He is a holy man. He is very gentle, too. Every day when I give him to eat he thanks me.

THE CAPPADOCIAN

Who is he?

FIRST SOLDIER

A prophet.

THE CAPPADOCIAN

What is his name?

FIRST SOLDIER

Iokanaan.

THE CAPPADOCIAN

Whence comes he?

FIRST SOLDIER

From the desert, where he fed on locusts and wild honey. He was clothed in camel's hair, and round his loins he had a leathern belt. He was very terrible to look upon. A great multitude used to follow him. He even had disciples.

THE CAPPADOCIAN

What is he talking of?

FIRST SOLDIER

We can never tell. Sometimes he says things that affright one, but it is impossible to understand what he says.

THE CAPPADOCIAN

May one see him?

FIRST SOLDIER

No. The Tetrarch has forbidden it.

THE YOUNG SYRIAN

The Princess has hidden her face behind her fan! Her little white hands are fluttering like doves that fly to their dove-cots. They are like white butterflies. They are just like white butterflies.

THE PAGE OF HERODIAS

What is that to you? Why do you look at her? You must not look at her....... Something terrible may happen.

THE CAPPADOCIAN

(Pointing to the cistern) What a strange prison!

SECOND SOLDIER

It is an old cistern.

THE CAPPADOCIAN

An old cistern! That must be a poisonous place in which to dwell!

SECOND SOLDIER

Oh no! For instance, the Tetrarch's brother, his elder brother, the first husband of Herodias the Queen, was imprisoned there for twelve years. It did not kill him. At the end of the twelve years he had to be strangled.

THE CAPPADOCIAN

Strangled? Who dared to do that?

SECOND SOLDIER

(Pointing to the Executioner, a huge negro.) That man yonder, Naaman.

THE CAPPADOCIAN

He was not afraid?

SECOND SOLDIER

Oh no! The Tetrarch sent him the ring.

THE CAPPADOCIAN

What ring?

SECOND SOLDIER

The death ring. So he was not afraid.

THE CAPPADOCIAN

Yet it is a terrible thing to strangle a king.

FIRST SOLDIER

Why? Kings have but one neck, like other folk.

THE CAPPADOCIAN

I think it terrible.

THE YOUNG SYRIAN

The Princess is getting up! She is leaving the table! She looks very troubled. Ah, she is coming this way. Yes, she is coming towards us. How pale she is! Never have I seen her so pale.

THE PAGE OF HERODIAS

Do not look at her. I pray you not to look at her.

THE YOUNG SYRIAN

She is like a dove that has strayed....... She is like a narcissus trembling in the wind....... She is like a silver flower.

(Enter Salome.)

SALOME

I will not stay. I cannot stay. Why does the Tetrarch look at me all the while with his mole's eyes under his shaking eyelids? It is strange that the husband of my mother looks at me like that. I know not what it means. Of a truth I know it too well.

THE YOUNG SYRIAN

You have left the feast, Princess?

SALOME

How sweet is the air here! I can breathe here! Within there are Jews from Jerusalem who are tearing each other in pieces over their foolish ceremonies, and barbarians who drink and drink and spill their wine on the pavement, and Greeks from Smyrna with painted eyes and painted cheeks, and frizzed hair curled in columns, and Egyptians silent and subtle, with long nails of jade and russet cloaks, and Romans brutal and coarse, with their uncouth jargon. Ah! how I loathe the Romans! They are rough and common, and they give themselves the airs of noble lords.

THE YOUNG SYRIAN

Will you be seated, Princess?

THE PAGE OF HERODIAS

Why do you speak to her? Oh! something terrible will happen.

Why do you look at her?

SALOME

How good to see the moon! She is like a little piece of money, a little silver flower. She is cold and chaste. I am sure she is a virgin. She has the beauty of a virgin. Yes, she is a virgin. She has never defiled herself. She has never abandoned herself to men, like the other goddesses.

THE VOICE OF IOKANAAN

Behold! the Lord hath come. The Son of Man is at hand. The centaurs have hidden themselves in the rivers, and the nymphs have left the rivers, and are lying beneath the leaves in the forests.

SALOME

Who was that who cried out?

SECOND SOLDIER

The prophet, Princess.

SALOME

Ah, the prophet! He of whom the Tetrarch is afraid?

SECOND SOLDIER

We know nothing of that, Princess. It was the prophet Iokanaan who cried out.

THE YOUNG SYRIAN

Is it your pleasure that I bid them bring your litter, Princess? The night is fair in the garden.

SALOME

He says terrible things about my mother, does he not?

SECOND SOLDIER

We never understand what he says, Princess.

SALOME

Yes; he says terrible things about her.

(Enter a Slave.)

THE SLAVE

Princess, the Tetrarch prays you to return to the feast.

SALOME

I will not return.

THE YOUNG SYRIAN

Pardon me, Princess, but if you return not some misfortune may happen.

SALOME

Is he an old man, this prophet?

THE YOUNG SYRIAN

Princess, it were better to return. Suffer me to lead you in.

SALOME

This prophet...... is he an old man?

FIRST SOLDIER

No, Princess, he is quite young.

SECOND SOLDIER

One cannot be sure. There are those who say that he is Elias.

SALOME

Who is Elias?

SECOND SOLDIER

A prophet of this country in bygone days, Princess.

THE SLAVE

What answer may I give the Tetrarch from the Princess?

THE VOICE OF IOKANAAN

Rejoice not, O land of Palestine, because the rod of him who smote thee is broken. For from the seed of the serpent shall come a basilisk, and that which is born of it shall devour the birds.

SALOME

What a strange voice! I would speak with him.

FIRST SOLDIER

I fear it may not be, Princess. The Tetrarch does not suffer any one to speak with him. He has even forbidden the high priest to speak with him.

SALOME

I desire to speak with him.

FIRST SOLDIER

It is impossible, Princess.

SALOME

I will speak with him.

THE YOUNG SYRIAN

Would it not be better to return to the banquet?

SALOME

Bring forth this prophet.

(Exit the Slave.)

FIRST SOLDIER

We dare not, Princess.

SALOME

(*Approaching the cistern and looking down into it*) How black it is, down there! It must be terrible to be in so black a hole! It is like a tomb……. *(To the soldiers)* Did you not hear me? Bring out the prophet. I would look on him.

SECOND SOLDIER

Princess, I beg you, do not require this of us.

SALOME

You are making me wait upon your pleasure.

FIRST SOLDIER

Princess, our lives belong to you, but we cannot do what you have asked of us. And indeed, it is not of us that you should ask this thing.

SALOME

(Looking at the young Syrian) Ah!

THE PAGE OF HERODIAS

Oh! what is going to happen? I am sure that something terrible will happen.

SALOME

(Going up to the young Syrian) Thou wilt do this thing for me, wilt thou not, Narraboth? Thou wilt do this thing for me. I have ever been kind towards thee. Thou wilt do it for me. I would but look at him, this strange prophet. Men have talked so much of him. Often I have heard the Tetrarch talk of him. I think he is afraid of him, the Tetrarch. Art thou, even thou, also afraid of him, Narraboth?

THE YOUNG SYRIAN

I fear him not, Princess; there is no man I fear. But the Tetrarch has formally forbidden that any man should raise the cover of this well.

SALOME

Thou wilt do this thing for me, Narraboth, and to-morrow when I pass in my litter beneath the gateway of the idol-sellers I will let fall for thee a little flower, a little Green flower.

THE YOUNG SYRIAN

Princess, I cannot, I cannot.

SALOME

(Smiling) Thou wilt do this thing for me, Narraboth. Thou knowest that thou wilt do this thing for me. And on the morrow when I shall pass in my litter by the bridge of the idol-buyers, I will look at thee through the muslin veils, I will look at thee, Narraboth, it may be I will smile at thee. Look at me, Narraboth, look at me. Ah! thou knowest that thou wilt do what I ask of thee. Thou knowest it....... I know that thou wilt do this thing.

THE YOUNG SYRIAN

(Signing to the third soldier) Let the prophet come forth....... The Princess Salome desires to see him.

SALOME

Ah!

THE PAGE OF HERODIAS

Oh! How strange the moon looks! Like the hand of a dead woman who is seeking to cover herself with a shroud.

THE YOUNG SYRIAN

She has a strange aspect! She is like a little princess, whose eyes are eyes of amber. Through the clouds of muslin she is smiling like a little princess.

(The prophet comes out of the cistern. Salome looks at him and steps slowly back.)

IOKANAAN

Where is he whose cup of abominations is now full? Where is he, who in a robe of silver shall one day die in the face of all the people? Bid him come forth, that he may hear the voice of him who hath cried in the waste places and in the houses of kings.

SALOME

Of whom is he speaking?

THE YOUNG SYRIAN

No one can tell, Princess.

IOKANAAN

Where is she who saw the images of men painted on the walls, even the images of the Chaldaeans painted with colours, and gave herself up unto the lust of her eyes, and sent ambassadors into the land of Chaldæa?

SALOME

It is of my mother that he is speaking.

THE YOUNG SYRIAN

Oh no, Princess.

SALOME

Yes; it is of my mother that he is speaking.

IOKANAAN

Where is she who gave herself unto the Captains of Assyria, who have baldricks on their loins, and crowns of many colours on their heads? Where is she who hath given herself to the young men of the Egyptians, who are clothed in fine linen and hyacinth, whose shields are of gold, whose helmets are of silver, whose bodies are mighty? Go, bid her rise up from the bed of her abominations, from the bed of her incestuousness, that she may hear the words of him who prepareth the way of the Lord, that she may repent her of her iniquities. Though she will not repent, but will stick fast in her abominations, go bid her come, for the fan of the Lord is in His hand.

SALOME

Ah, but he is terrible, he is terrible!

THE YOUNG SYRIAN

Do not stay here, Princess, I beseech you.

SALOME

It is his eyes above all that are terrible. They are like black holes burned by torches in a tapestry of Tyre. They are like the black caverns where the dragons live, the black caverns of Egypt in which the dragons make their lairs. They are like black lakes troubled by fantastic moons……. Do you think he will speak again?

THE YOUNG SYRIAN

Do not stay here, Princess. I pray you do not stay here.

SALOME

How wasted he is! He is like a thin ivory statue. He is like an image of silver. I am sure he is chaste, as the moon is. He is like a moonbeam, like a shaft of silver. His flesh must be very cold, cold as ivory……. I would look closer at him.

THE YOUNG SYRIAN

No, no, Princess!

SALOME

I must look at him closer.

THE YOUNG SYRIAN

Princess! Princess!

IOKANAAN

Who is this woman who is looking at me? I will not have her look at me. Wherefore doth she look at me, with her golden eyes, under her gilded eyelids? I know not who she is. I do not desire to know who she is. Bid her begone, it is not to her that I would speak.

SALOME

I am Salome, daughter of Herodias, Princess of Judaea.

IOKANAAN

Back! daughter of Babylon! Come not near the chosen of the Lord. Thy mother hath filled the earth with the wine of her iniquities, and the cry of her sinning hath come up even to the ears of God.

SALOME

Speak again, Iokanaan. Thy voice is as music to mine ear.

THE YOUNG SYRIAN

Princess! Princess! Princess!

SALOME

Speak again! Speak again, Iokanaan, and tell me what I must do.

IOKANAAN

Daughter of Sodom, come not near me! But cover thy face with a veil, and scatter ashes upon thine head, and get thee to the desert, and seek out the Son of Man.

SALOME

Who is he, the Son of Man? Is he as beautiful as thou art, Iokanaan?

IOKANAAN

Get thee behind me! I hear in the palace the beating of the wings of the angel of death.

THE YOUNG SYRIAN

Princess, I beseech thee to go within.

IOKANAAN

Angel of the Lord God, what dost thou here with thy sword? Whom seekest thou in this palace? The day of him who shall die in a robe of silver has not yet come.

SALOME

Iokanaan!

IOKANAAN

Who speaketh?

SALOME

I am amorous of thy body, Iokanaan! Thy body is white, like the lilies of a field that the mower hath never mowed. Thy body is white like the snows that lie on the mountains of Judaea, and come down into the valleys. The roses in the garden of the Queen of Arabia are not so white as thy body. Neither the roses of the garden of the Queen of Arabia, the garden of spices of the Queen of Arabia, nor the feet of the dawn when they light on the leaves, nor the breast of the moon when she lies on the breast of the sea....... There is nothing in the world so white as thy body. Suffer me to touch thy body.

IOKANAAN

Back! daughter of Babylon! By woman came evil into the world. Speak not to me. I will not listen to thee. I listen but to the voice of the Lord God.

SALOME

Thy body is hideous. It is like the body of a leper. It is like a plastered wall, where vipers have crawled; like a plastered wall where the scorpions have made their nest. It is like a whited sepulchre, full of loathsome things. It is horrible, thy body is horrible. It is of thy hair that I am enamoured, Iokanaan. Thy hair is like clusters of grapes, like the clusters of black grapes that hang from the vine-trees of Edom in the land of the Edomites. Thy hair is like the cedars of Lebanon, like the great cedars of Lebanon that give their shade to the lions and to the robbers who would hide them by day. The long black nights, when the moon hides her face, when the stars are afraid, are not so black as thy hair. The silence that dwells in the forest is not so black. There is nothing in the world that is so black as thy hair....... Suffer me to touch thy hair.

IOKANAAN

Back, daughter of Sodom! Touch me not. Profane not the temple of the Lord God.

SALOME

Thy hair is horrible. It is covered with mire and dust. It is like a crown of thorns placed on thy head. It is like a knot of serpents coiled round thy neck. I love not thy hair……. It is thy mouth that I desire, Iokanaan. Thy mouth is like a band of scarlet on a tower of ivory. It is like a pomegranate cut in twain with a knife of ivory. The pomegranate flowers that blossom in the gardens of Tyre, and are redder than roses, are not so red. The red blasts of trumpets that herald the approach of kings, and make afraid the enemy, are not so red. Thy mouth is redder than the feet of those who tread the wine in the wine-press. It is redder than the feet of the doves who inhabit the temples and are fed by the priests. It is redder than the feet of him who cometh from a forest where he hath slain a lion, and seen gilded tigers. Thy Mouth is like a branch of coral that fishers have found in the twilight of the sea, the coral that they keep for the kings!……. It is like the vermilion that the Moahites find in the mines of Moab, the vermilion that the kings take from them. It is like the bow of the King of the Persians, that is painted with vermilion, and is tipped with coral. There is nothing in the world so red as thy mouth……. Suffer me to kiss thy mouth.

IOKANAAN

Never! daughter of Babylon! Daughter of Sodom! never!

SALOME

I will kiss thy mouth, Iokanaan. I will kiss thy mouth.

THE YOUNG SYRIAN

Princess, Princess, thou who art like a garden of myrrh, thou who art the dove of all doves, look not at this man, look not at him! Do not speak such words to him. I cannot endure it…….. Princess, do not speak these things.

SALOME

I will kiss thy mouth, Iokanaan.

THE YOUNG SYRIAN

Ah!

(*He kills himself and falls between Salome and Iokanaan.*)

THE PAGE OF HERODIAS

The young Syrian has slain himself! The young captain has slain himself! He has slain himself who was my friend! I gave him a little box of perfumes and ear-rings wrought in silver, and now he has killed himself! Ah, did he not say that some misfortune would happen? I, too, said it, and it has come to pass. Well I knew that the moon was seeking a dead thing, but I knew not that it was he whom she sought. Ah! why did I not hide him from the moon? If I had hidden him in a cavern she would not have seen him.

FIRST SOLDIER

Princess, the young captain has just slain himself.

SALOME

Suffer me to kiss thy mouth, Iokanaan.

IOKANAAN

Art thou not afraid, daughter of Herodias? Did I not tell thee that I had heard in the palace the beating of the wings of the angel of death, and hath he not come, the angel of death?

SALOME

Suffer me to kiss thy mouth.

IOKANAAN

Daughter of adultery, there is but one who can save thee. It is He of whom I spake. Go seek Him. He is in a boat on the sea of Galilee, and He talketh with His disciples. Kneel down on the shore of the sea, and call unto Him by His name. When He cometh to thee, and to all who call on Him He cometh, bow thyself at His feet and ask of Him the remission of thy sins.

SALOME

Suffer me to kiss thy mouth.

IOKANAAN

Cursed be thou! daughter of an incestuous mother, be thou accursed!

SALOME

I will kiss thy mouth, Iokanaan.

IOKANAAN

I will not look at thee. Thou art accursed, Salome, thou art accursed.

(He goes down into the cistern.)

SALOME

I will kiss thy mouth, Iokanaan; I will kiss thy mouth.

FIRST SOLDIER

We must bear away the body to another place. The Tetrarch does not care to see dead bodies, save the bodies of those whom he himself has slain.

THE PAGE OF HERODIAS

He was my brother, and nearer to me than a brother. I gave him a little box full of perfumes, and a ring of agate that he wore always on his hand. In the evening we were wont to walk by the river, and among the almond-trees, and he used to tell me of the things of his country. He spake ever very low. The sound of his voice was like the sound of the flute, of one who playeth upon the flute. Also he had much joy to gaze at himself in the river. I used to reproach him for that.

SECOND SOLDIER

You are right; we must hide the body. The Tetrarch must not see it.

FIRST SOLDIER

The Tetrarch will not come to this place. He never comes on the terrace. He is too much afraid of the prophet.

(Enter Herod, Herodias, and all the Court.)

HEROD

Where is Salome? Where is the Princess? Why did she not return to the banquet as I commanded her? Ah! there she is!

HERODIAS

You must not look at her! You are always looking at her!

HEROD

The moon has a strange look to-night. Has she not a strange look? She is like a mad woman, a mad woman who is seeking everywhere for lovers. She is naked too. She is quite naked. The clouds are seeking to clothe her nakedness, but she will not let them. She shows herself naked in the sky. She reels through the clouds like a drunken woman....... I am sure she is looking for lovers. Does she not reel like a drunken woman? She is like a mad woman, is she not?

HERODIAS

No; the moon is like the moon, that is all. Let us go within....... We have nothing to do here.

HEROD

I will stay here! Manasseh, lay carpets there. Light torches. Bring forth the ivory tables, and the tables of jasper. The air here is sweet. I will drink more wine with my guests. We must show all honours to the ambassadors of Caesar.

HERODIAS

It is not because of them that you remain.

HEROD

Yes; the air is very sweet. Come, Herodias, our guests await us. Ah! I have slipped! I have slipped in blood! It is an ill omen. It is a very ill omen. Wherefore is there blood here……? and this body, what does this body here? Think you I am like the King of Egypt, who gives no feast to his guests but that he shows them a corpse? Whose is it? I will not look on it.

FIRST SOLDIER

It is our captain, sire. It is the young Syrian whom you made captain of the guard but three days gone.

HEROD

I issued no order that he should be slain.

SECOND SOLDIER

He slew himself, sire.

HEROD

For what reason? I had made him captain of my guard!

SECOND SOLDIER

We do not know, sire. But with his own hand he slew himself.

HEROD

That seems strange to me. I had thought it was but the Roman philosophers who slew themselves. Is it not true, Tigellinus, that the philosophers at Rome slay themselves?

TIGELLINUS

There be some who slay themselves, sire. They are the Stoics. The Stoics are people of no cultivation. They are ridiculous people. I myself regard them as being perfectly ridiculous.

HEROD

I also. It is ridiculous to kill one's-self.

TIGELLINUS

Everybody at Rome laughs at them. The Emperor has written a

satire against them. It is recited everywhere.

HEROD

Ah! he has written a satire against them? Caesar is wonderful. He can do everything....... It is strange that the young Syrian has slain himself. I am sorry he has slain himself. I am very sorry. For he was fair to look upon. He was even very fair. He had very languorous eyes. I remember that I saw that he looked languorously at Salome. Truly, I thought he looked too much at her.

HERODIAS

There are others who look too much at her.

HEROD

His father was a king. I drave him from his kingdom. And of his mother, who was a queen, you made a slave, Herodias. So he was here as my guest, as it were, and for that reason I made him my captain. I am sorry he is dead. Ho! why have you left the body here? It must be taken to some other place. I will not look at it, --away with it!

(They take away the body.)

It is cold here. There is a wind blowing. Is there not a wind blowing?

HERODIAS

No; there is no wind.

HEROD

I tell you there is a wind that blows....... And I hear in the air something that is like the beating of wings, like the beating of vast wings. Do you not hear it?

HERODIAS

I hear nothing.

HEROD

I hear it no longer. But I heard it. It was the blowing of the wind. It has passed away. But no, I hear it again. Do you not hear it? It is just like a beating of wings.

HERODIAS

I tell you there is nothing. You are ill. Let us go within.

HEROD

I am not ill. It is your daughter who is sick to death. Never have I seen her so pale.

HERODIAS

I have told you not to look at her.

HEROD

Pour me forth wine. *(Wine is brought.)* Salome, come drink a little wine with me. I have here a wine that is exquisite. Caesar himself sent it me. Dip into it thy little red lips, that I may drain the cup.

SALOME

I am not thirsty, Tetrarch.

HEROD

You hear how she answers me, this daughter of yours?

HERODIAS

She does right. Why are you always gazing at her?

HEROD

Bring me ripe fruits. *(Fruits are brought.)* Salome, come and eat fruits with me. I love to see in a fruit the mark of thy little teeth. Bite but a little of this fruit, that I may eat what is left.

SALOME

I am not hungry, Tetrarch.

HEROD

(To Herodias) You see how you have brought up this daughter of yours.

HERODIAS

My daughter and I come of a royal race. As for thee, thy father was a camel driver! He was a thief and a robber to boot!

HEROD

Thou liest!

HERODIAS

Thou knowest well that it is true.

HEROD

Salome, come and sit next to me. I will give thee the throne of thy mother.

SALOME

I am not tired, Tetrarch.

HERODIAS

You see in what regard she holds you.

HEROD

Bring me…… What is it that I desire? I forget. Ah! ah! I remember.

THE VOICE OF IOKANAAN

Behold the time is come! That which I foretold has come to pass. The day that I spake of is at hand.

HERODIAS

Bid him be silent. I will not listen to his voice. This man is for ever hurling insults against me.

HEROD

He has said nothing against you. Besides, he is a very great prophet.

HERODIAS

I do not believe in prophets. Can a man tell what will come to pass? No man knows it. Also he is for ever insulting me. But I think you are afraid of him....... I know well that you are afraid of him.

HEROD

I am not afraid of him. I am afraid of no man.

HERODIAS

I tell you, you are afraid of him. If you are not afraid of him why do you not deliver him to the Jews who for these six months past have been clamouring for him?

A JEW

Truly, my lord, it were better to deliver him into our hands.

HEROD

Enough on this subject. I have already given you my answer. I will not deliver him into your hands. He is a holy man. He is a man who has seen God.

A JEW

That cannot be. There is no man who hath seen God since the prophet Elias. He is the last man who saw God face to face. In these days God doth not show Himself. God hideth Himself. Therefore great evils have come upon the land.

ANOTHER JEW

Verily, no man knoweth if Elias the prophet did indeed see God. Peradventure it was but the shadow of God that he saw.

A THIRD JEW

God is at no time hidden. He showeth Himself at all times and in all places. God is in what is evil even as He is in what is good.

A FOURTH JEW

Thou shouldst not say that. It is a very dangerous doctrine. It is a doctrine that cometh from Alexandria, where men teach the philosophy of the Greeks. And the Greeks are Gentiles. They are not even circumcised.

FIFTH JEW

No man can tell how God worketh. His ways are very dark. It may be that the things which we call evil are good, and that the things which we call good are evil. There is no knowledge of anything. We can but bow our heads to His will, for God is very strong. He breaketh in pieces the strong together with the weak, for He regardeth not any man.

FIRST JEW

Thou speakest truly. Verily, God is terrible. He breaketh in pieces the strong and the weak as men break corn in a mortar. But as for this man, he hath never seen God. No man hath seen God since the prophet Elias.

HERODIAS

Make them be silent. They weary me.

HEROD

But I have heard it said that Iokanaan is in very truth your prophet Elias.

THE JEW

That cannot be. It is more than three hundred years since the days of the prophet Elias.

HEROD

There be some who say that this man is Elias the prophet.

A NAZARENE

I am sure that he is Elias the prophet.

THE JEW

Nay, but he is not Elias the prophet.

THE VOICE OF IOKANAAN

Behold the day is at hand, the day of the Lord, and I hear upon the mountains the feet of Him who shall be the Saviour of the world.

HEROD

What does that mean? The Saviour of the world?

TIGELLINUS

It is a title that Cæsar adopts.

HEROD

But Caesar is not coming into Judæa. Only yesterday I received letters from Rome. They contained nothing concerning this matter. And you, Tigellinus, who were at Rome during the winter, you heard nothing concerning this matter, did you?

TIGELLINUS

Sire, I heard nothing concerning the matter. I was but explaining the title. It is one of Caesar's titles.

HEROD

But Caesar cannot come. He is too gouty. They say that his feet are like the feet of an elephant. Also there are reasons of state. He who leaves Rome loses Rome. He will not come. Howbeit, Caesar is lord, he will come if such be his pleasure. Nevertheless, I think he will not come.

FIRST NAZARENE

It was not concerning Caesar that the prophet spake these words, sire.

HEROD

How……? it was not concerning Caesar?

FIRST NAZARENE

No, my lord.

HEROD

Concerning whom then did he speak?

FIRST NAZARENE

Concerning Messias, who hath come.

A JEW

Messias hath not come.

FIRST NAZARENE

He hath come, and everywhere He worketh miracles!

HERODIAS

Ho! ho! miracles! I do not believe in miracles. I have seen too many. (*To the Page*) My fan.

FIRST NAZARENE

This Man worketh true miracles. Thus, at a marriage which took place in a little town of Galilee, a town of some importance, He changed water into wine. Certain persons who were present related it to me. Also He healed two lepers that were seated before the Gate of Capernaum simply by touching them.

SECOND NAZARENE

Nay; it was two blind men that He healed at Capernaum.

FIRST NAZARENE

Nay; they were lepers. But He hath healed blind people also, and He was seen on a mountain talking with angels.

A SADDUCEE

Angels do not exist.

A PHARISEE

Angels exist, but I do not believe that this Man has talked with them.

FIRST NAZARENE

He was seen by a great multitude of people talking with angels.

HERODIAS

How these men weary me! They are ridiculous! They are altogether ridiculous! *(To the Page.)* Well! my fan? (*The Page gives her the fan.*) You have a dreamer's look. You must not dream. It is only sick people who dream. *(She strikes the Page with her fan.)*

SECOND NAZARENE

There is also the miracle of the daughter of Jairus.

FIRST NAZARENE

Yea, that is sure. No man can gainsay it.

HERODIAS

Those men are mad. They have looked too long on the moon. Command them to be silent.

HEROD

What is this miracle of the daughter of Jairus?

FIRST NAZARENE

The daughter of Jairus was dead. This Man raised her from the dead.

HEROD

How! He raises people from the dead?

FIRST NAZARENE

Yea, sire; He raiseth the dead.

HEROD

I do not wish Him to do that. I forbid Him to do that. I suffer no man to raise the dead. This Man must be found and told that I forbid Him to raise the dead. Where is this Man at present?

SECOND NAZARENE

He is in every place, my lord, but it is hard to find Him.

FIRST NAZARENE

It is said that He is now in Samaria.

A JEW

It is easy to see that this is not Messias, if He is in Samaria. It is not to the Samaritans that Messias shall come. The Samaritans are accursed. They bring no offerings to the Temple.

SECOND NAZARENE

He left Samaria a few days since. I think that at the present moment He is in the neighbourhood of Jerusalem.

FIRST NAZARENE

No; He is not there. I have just come from Jerusalem. For two months they have had no tidings of Him.

HEROD

No matter! But let them find Him, and tell Him, thus saith Herod the King, "I will not suffer Thee to raise the dead." To change water into wine, to heal the lepers and the blind……. He may do these things if He will. I say nothing against these things. In truth I hold it a kindly deed to heal a leper. But no man shall raise the dead……. It would be terrible if the dead came back.

THE VOICE OF IOKANAAN

Ah! The wanton one! The harlot! Ah! the daughter of Babylon with her golden eyes and her gilded eyelids! Thus saith the Lord God, Let there come up against her a multitude of men. Let the people take stones and stone her…….

HERODIAS

Command him to be silent!

THE VOICE OF IOKANAAN

Let the captains of the hosts pierce her with their swords, let them crush her beneath their shields.

HERODIAS

Nay, but it is infamous.

THE VOICE OF IOKANAAN

It is thus that I will wipe out all wickedness from the earth, and that all women shall learn not to imitate her abominations.

HERODIAS

You hear what he says against me? You suffer him to revile her who is your wife!

HEROD

He did not speak your name.

HERODIAS

What does that matter? You know well that it is I whom he seeks to revile. And I am your wife, am I not?

HEROD

Of a truth, dear and noble Herodias, you are my wife, and before that you were the wife of my brother.

HERODIAS

It was thou didst snatch me from his arms.

HEROD

Of a truth I was stronger than he was....... But let us not talk of that matter. I do not desire to talk of it. It is the cause of the terrible words that the prophet has spoken. Peradventure on account of it a misfortune will come. Let us not speak of this matter. Noble Herodias, we are not mindful of our guests. Fill thou my cup, my well-beloved. Ho! fill with wine the great goblets of silver, and the great goblets of glass. I will drink to Caesar. There are Romans here, we must drink to Caesar.

ALL

Caesar! Caesar!

HEROD

Do you not see your daughter, how pale she is?

HERODIAS

What is it to you if she be pale or not?

HEROD

Never have I seen her so pale.

HERODIAS

You must not look at her.

THE VOICE OF IOKANAAN

In that day the sun shall become black like sackcloth of hair, and the moon shall become like blood, and the stars of the heaven shall fall upon the earth like unripe figs that fall from the fig-tree, and the kings of the earth shall be afraid.

HERODIAS

Ah! ah! I should like to see that day of which he speaks, when the moon shall become like blood, and when the stars shall fall upon the earth like unripe figs. This prophet talks like a drunken man, but I cannot suffer the sound of his voice. I hate his voice. Command him to be silent.

HEROD

I will not. I cannot understand what it is that he saith, but it may be an omen.

HERODIAS

I do not believe in omens. He speaks like a drunken man.

HEROD

It may be he is drunk with the wine of God.

HERODIAS

What wine is that, the wine of God? From what vineyards is it gathered? In what wine-press may one find it?

HEROD

(From this point he looks all the while at Salome.) Tigellinus, when you were at Rome of late, did the Emperor speak with you on the subject of……?

TIGELLINUS

On what subject, my lord?

HEROD

On what subject? Ah! I asked you a question, did I not? I have forgotten what I would have asked you.

HERODIAS

You are looking again at my daughter. You must not look at her. I have already said so.

HEROD

You say nothing else.

HERODIAS

I say it again.

HEROD

And that restoration of the Temple about which they have talked so much, will anything be done? They say that the veil of the Sanctuary has disappeared, do they not?

HERODIAS

It was thyself didst steal it. Thou speakest at random and without wit. I will not stay here. Let us go within.

HEROD

Dance for me, Salome.

HERODIAS

I will not have her dance.

SALOME

I have no desire to dance, Tetrarch.

HEROD

Salome, daughter of Herodias, dance for me.

HERODIAS

Peace. Let her alone.

HEROD

I command thee to dance, Salome.

SALOME

I will not dance, Tetrarch.

HERODIAS

(Laughing) You see how she obeys you.

HEROD

What is it to me whether she dance or not? It is nought to me. To-night I am happy. I am exceeding happy. Never have I been so happy.

FIRST SOLDIER

The Tetrarch has a sombre look. Has he not a sombre look?

SECOND SOLDIER

Yes, he has a sombre look.

HEROD

Wherefore should I not be happy? Caesar, who is lord of the world, Caesar, who is lord of all things, loves me well. He has just sent me most precious gifts. Also he has promised me to summon to Rome the King of Cappadocia, who is mine enemy. It may be that at Rome he will crucify him, for he is able to do all things that he has a mind to do. Verily, Caesar is lord. Therefore I do well to be happy. I am very happy, never have I been so happy. There is nothing in the world that can mar my happiness.

THE VOICE OF IOKANAAN

He shall be seated on his throne. He shall be clothed in scarlet and purple. In his hand he shall bear a golden cup full of his blasphemies. And the angel of the Lord shall smite him. He shall be eaten of worms.

HERODIAS

You hear what he says about you. He says that you shall be eaten of worms.

HEROD

It is not of me that he speaks. He speaks never against me. It is of the King of Cappadocia that he speaks; the King of Cappadocia who is mine enemy. It is he who shall be eaten of worms. It is not I. Never has he spoken word against me, this prophet, save that I sinned in taking to wife the wife of my brother. It may be he is right. For, of a truth, you are sterile.

HERODIAS

I am sterile, I? You say that, you that are ever looking at my daughter, you that would have her dance for your pleasure? You speak as a fool. I have borne a child. You have gotten no child, no, not on one of your slaves. It is you who are sterile, not I.

HEROD

Peace, woman! I say that you are sterile. You have borne me no child, and the prophet says that our marriage is not a true marriage. He says that it is a marriage of incest, a marriage that will bring evils....... I fear he is right; I am sure that he is right. But it is not the hour to speak of these things. I would be happy at this moment. Of a truth, I am happy. There is nothing I lack.

HERODIAS

I am glad you are of so fair a humour tonight. It is not your custom. But it is late. Let us go within. Do not forget that we hunt at sunrise. All honours must be shown to Caesar's ambassadors, must they not?

SECOND SOLDIER

The Tetrarch has a sombre look.

FIRST SOLDIER

Yes, he has a sombre look.

HEROD

Salome, Salome, dance for me. I pray thee dance for me. I am sad to-night. Yes, I am passing sad to-night. When I came hither I slipped in blood, which is an ill omen; also I heard in the air a beating of wings, a beating of giant wings. I cannot tell what that may mean....... I am sad to-night. Therefore dance for me. Dance for me, Salome, I beseech thee. If thou dancest for me thou mayest ask of me what thou wilt, and I will give it thee. Yes, dance for me, Salome, and whatsoever thou shalt ask of me I will give it thee, even unto the half of my kingdom.

SALOME

(Rising) Will you indeed give me whatsoever I shall ask of you, Tetrarch?

HERODIAS

Do not dance, my daughter.

HEROD

Whatsoever thou shalt ask of me, even unto the half of my kingdom.

SALOME

You swear it, Tetrarch?

HEROD

I swear it, Salome.

HERODIAS

Do not dance, my daughter.

SALOME

By what will you swear this thing, Tetrarch?

HEROD

By my life, by my crown, by my gods. Whatsoever thou shalt desire I will give it thee, even to the half of my kingdom, if thou wilt but dance for me. O Salome, Salome, dance for me!

SALOME

You have sworn an oath, Tetrarch.

HEROD

I have sworn an oath.

HERODIAS

My daughter, do not dance.

HEROD

Even to the half of my kingdom. Thou wilt be passing fair as a queen, Salome, if it please thee to ask for the half of my kingdom. Will she not be fair as a queen? Ah! it is cold here! There is an icy wind, and I hear....... wherefore do I hear in the air this beating of wings? Ah! one might fancy a huge black bird that hovers over the terrace. Why can I not see it, this bird? The beat of its wings is terrible. The breath of the wind of its wings is terrible. It is a chill wind. Nay, but it is not cold, it is hot. I am choking. Pour water on my hands. Give me snow to eat. Loosen my mantle. Quick! quick! loosen my mantle. Nay, but leave it. It is my garland that hurts me, my garland of roses. The flowers are like fire. They have burned my forehead. *(He tears the wreath from his head, and throws it on the table.)* Ah! I can breathe now. How red those petals are! They are like stains of blood on the cloth. That does not matter. It is not wise to find symbols in everything that one sees. It makes life too full of terrors. It were better to say that stains of blood are as lovely as rose-petals. It were better far to say that....... But we will not peak of this. Now I am happy. I am passing happy. Have I not the right to be happy? Your daughter is going to dance for me. Wilt thou not dance for me, Salome? Thou hast promised to dance for me.

HERODIAS

I will not have her dance.

SALOME

I will dance for you, Tetrarch.

HEROD

You hear what your daughter says. She is going to dance for me. Thou doest well to dance for me, Salome. And when thou hast danced for me, forget not to ask of me whatsoever thou hast a mind to ask. Whatsoever thou shalt desire I will give it thee, even to the half of my kingdom. I have sworn it, have I not?

SALOME

Thou hast sworn it, Tetrarch.

HEROD

And I have never failed of my word. I am not of those who break their oaths. I know not how to lie. I am the slave of my word, and my word is the word of a king. The King of Cappadocia had ever a lying tongue, but he is no true king. He is a coward. Also he owes me money that he will not repay. He has even insulted my ambassadors. He has spoken words that were wounding. But Caesar will crucify him when he comes to Rome. I know that Caesar will crucify him. And if he crucify him not, yet will he die, being eaten of worms. The prophet has prophesied it. Well! Wherefore dost thou tarry, Salome?

SALOME

I am waiting until my slaves bring perfumes to me and the seven veils, and take from off my feet my sandals. *(Slaves bring perfumes and the seven veils, and take off the sandals of Salome.)*

HEROD

Ah, thou art to dance with naked feet! 'Tis well! 'Tis well! Thy little feet will be like white doves. They will be like little white flowers that dance upon the trees...... No, no, she is going to dance on blood! There is blood spilt on the ground. She must not dance on blood. It were an evil omen.

HERODIAS

What is it to thee if she dance on blood? Thou hast waded deep enough in it.......

HEROD

What is it to me? Ah! look at the moon! She has become red. She has become red as blood. Ah! the prophet prophesied truly. He prophesied that the moon would become as blood. Did he not prophesy it? All of ye heard him prophesying it. And now the moon has become as blood. Do ye not see it?

HERODIAS

Oh, yes, I see it well, and the stars are falling like unripe figs, are they not? and the sun is becoming black like sackcloth of hair, and the kings of the earth are afraid. That at least one can see. The prophet is justified of his words in that at least, for truly the kings of the earth are afraid....... Let us go within. You are sick. They will say at Rome that you are mad. Let us go within, I tell you.

THE VOICE OF IOKANAAN

Who is this who cometh from Edom, who is this who cometh from Bozra, whose raiment is dyed with purple, who shineth in the beauty of his garments, who walketh mighty in his greatness? Wherefore is thy raiment stained with scarlet?

HERODIAS

Let us go within. The voice of that man maddens me. I will not have my daughter dance while he is continually crying out. I will not have her dance while you look at her in this fashion. In a word, I will not have her dance.

HEROD

Do not rise, my wife, my queen, it will avail thee nothing. I will not go within till she hath danced. Dance, Salome, dance for me.

HERODIAS

Do not dance, my daughter.

SALOME

I am ready, Tetrarch.

(Salome dances the dance of the seven veils.)

HEROD

Ah! wonderful! wonderful! You see that she has danced for me, your daughter. Come near, Salome, come near, that I may give thee thy fee. Ah! I pay a royal price to those who dance for my pleasure. I will pay thee royally. I will give thee whatsoever thy soul desireth. What wouldst thou have? Speak.

SALOME

(Kneeling) I would that they presently bring me in a silver charger.......

HEROD

(Laughing) In a silver charger? Surely yes, in a silver charger. She is

charming, is she not? What is it that thou wouldst have in a silver charger, O sweet and fair Salome, thou that art fairer than all the daughters of Judaea? What wouldst thou have them bring thee in a silver charger? Tell me. Whatsoever it may be, thou shalt receive it. My treasures belong to thee. What is it that thou wouldst have, Salome?

SALOME

(Rising) The head of Iokanaan.

HERODIAS

Ah! that is well said, my daughter.

HEROD

No, no!

HERODIAS

That is well said, my daughter.

HEROD

No, no, Salome. It is not that thou desirest. Do not listen to thy mother's voice. She is ever giving thee evil counsel. Do not heed her.

SALOME

It is not my mother's voice that I heed. It is for mine own pleasure that I ask the head of Iokanaan in a silver charger. You have sworn an oath, Herod. Forget not that you have sworn an oath.

HEROD

I know it. I have sworn an oath by my gods. I know it well. But. I pray thee, Salome, ask of me something else. Ask of me the half of my kingdom, and I will give it thee. But ask not of me what thy lips have asked.

SALOME

I ask of you the head of Iokanaan.

HEROD

No, no, I will not give it thee.

SALOME

You have sworn an oath, Herod.

HERODIAS

Yes, you have sworn an oath. Everybody heard you. You swore it before everybody.

HEROD

Peace, woman! It is not to you I speak.

HERODIAS

My daughter has done well to ask the head of Iokanaan. He has covered me with insults. He has said unspeakable things against me. One can see that she loves her mother well. Do not yield, my daughter. He has sworn an oath, he has sworn an oath.

HEROD

Peace! Speak not to me……! Salome, I pray thee be not stubborn. I have ever been kind toward thee. I have ever loved thee……. It may be that I have loved thee too much. Therefore ask not this thing of me. This is a terrible thing, an awful thing to ask of me.

Surely, I think thou art jesting. The head of a man that is cut from his body is ill to look upon, is it not? It is not meet that the eyes of a virgin should look upon such a thing. What pleasure couldst thou have in it? There is no pleasure that thou couldst have in it. No, no, it is not that thou desirest. Hearken to me. I have an emerald, a great emerald and round, that the minion of Caesar has sent unto me. When thou lookest through this emerald thou canst see that which passeth afar off. Caesar himself carries such an emerald when he goes to the circus. But my emerald is the larger. I know well that it is the larger. It is the largest emerald in the whole world. Thou wilt take that, wilt thou not? Ask it of me and I will give it thee.

SALOME

I demand the head of Iokanaan.

HEROD

Thou art not listening. Thou art not listening. Suffer me to speak, Salome.

SALOME

The head of Iokanaan!

HEROD

No, no, thou wouldst not have that. Thou sayest that but to trouble me, because that I have looked at thee and ceased not this night. It is true, I have looked at thee and ceased not this night. Thy beauty has troubled me. Thy beauty has grievously troubled me, and I have looked at thee overmuch. Nay, but I will look at thee no more. One should not look at anything. Neither at things, nor at people should one look. Only in mirrors is it well to look, for mirrors do but show us masks. Oh! oh! bring wine! I thirst....... Salome, Salome, let us be as friends. Bethink thee....... Ah! what would I say? What was't? Ah! I remember it!...... Salome, nay but come nearer to me; I fear thou wilt not hear my words, Salome, thou knowest my white peacocks, my beautiful white peacocks, that walk in the garden between the myrtles and the tall cypress-trees. Their beaks are gilded with gold and the grains that they eat are smeared with gold, and their feet are stained with purple. When they cry out the rain comes, and the moon shows herself in the heavens when they spread their tails. Two by two they walk between the cypress-trees and the black myrtles, and each has a slave to tend it. Sometimes they fly across the trees, and anon they couch in the grass, and round the pools of the water. There are not in all the world birds so wonderful. I know that Caesar himself has no birds so fair as my birds. I will give thee fifty of my peacocks. They will follow thee whithersoever thou goest, and in the midst of them thou wilt be like unto the moon in the midst of a great white cloud....... I will give them to thee, all. I have but a hundred, and in the whole world there is no king who has peacocks like unto my peacocks. But I will give them all to thee. Only thou must loose me from my oath, and must not ask of me that which thy lips have asked of me. *(He empties the cup of wine.)*

SALOME

Give me the head of Iokanaan!

HERODIAS

Well said, my daughter! As for you, you are ridiculous with your peacocks.

HEROD

Peace! you are always crying out. You cry out like a beast of prey. You must not cry in such fashion. Your voice wearies me. Peace, I tell you! ...... Salome, think on what thou art doing. It may be that this man comes from God. He is a holy man. The finger of God has touched him. God has put terrible words into his mouth. In the palace, as in the desert, God is ever with him....... It may be that He is, at least. One cannot tell, but it is possible that God is with him and for him. If he die also, peradventure some evil may befall me. Verily, he has said that evil will befall some one on the day whereon he dies. On whom should it fall if it fall not on me? Remember, I slipped in blood when I came hither. Also did I not hear a beating of wings in the air, a beating of vast wings? These are ill omens. And there were other things. I am sure that there were other things, though I saw them not. Thou wouldst not that some evil should befall me, Salome? Listen to me again.

SALOME

Give me the head of Iokanaan!

HEROD

Ah! thou art not listening to me. Be calm. As for me, am I not calm? I am altogether calm. Listen. I have jewels hidden in this place -- jewels that thy mother even has never seen; jewels that are marvellous to look at. I have a collar of pearls, set in four rows. They are like unto moons chained with rays of silver. They are even as half a hundred moons caught in a golden net. On the ivory breast of a queen they have rested. Thou shalt be as fair as a queen when thou wearest them. I have amethysts of two kinds; one that is black like wine, and one that is red like wine that one has coloured with water. I have topazes yellow as are the eyes of tigers, and topazes that are pink as the eyes of a wood-pigeon, and green topazes that are as the eyes of cats. I have opals that burn always, with a flame that is cold as ice, opals that make sad men's minds, and are afraid of the shadows. I have onyxes like the eyeballs of a dead woman. I have moonstones that change when the moon changes, and are wan when they see the sun. I have sapphires big like eggs, and as blue as blue flowers. The sea wanders within them, and the moon comes never to trouble the blue of their waves. I have chrysolites and beryls, and chrysoprases and rubies; I have sardonyx and hyacinth stones, and stones of chalcedony, and I will give them all unto thee, all, and other things will I add to them. The King of the Indies has but even now sent me four fans fashioned from the feathers of parrots, and the King of Numidia a garment of ostrich feathers. I have a crystal, into which it is not lawful for a woman to look, nor may young men behold it until they have been beaten with rods. In a coffer of nacre I have three wondrous turquoises. He who wears them on his forehead can imagine things which are not, and he who carries them in his hand can turn the fruitful woman into a woman that is barren. These are great treasures. They are treasures above all price. But this is not all. In an ebony coffer I have two cups of amber that are like apples of pure gold. If an enemy pour poison into these cups they become like apples of silver. In a coffer incrusted with amber I have sandals incrusted with glass. I have mantles that have been brought from the land of the Serer, and bracelets decked about with carbuncles and with jade that come from the city of Euphrates....... What desirest thou more than this, Salome? Tell me the thing that thou desirest, and I will give it thee. All that thou askest I will give thee, save one thing only. I will give thee all that is mine, save only the life of one man. I will give thee the mantle of the high priest. I will give thee the veil of the sanctuary.

THE JEWS

Oh! oh!

HERODIAS

Give me the head of Iokanaan!

HEROD

(Sinking back in his seat) Let her be given what she asks! Of a truth she is her mother's child. *(The first soldier approaches. Herodias draws from the hand of the Tetrarch the ring of death, and gives it to the Soldier, who straightway bears it to the Executioner. The Executioner looks scared.)* Who has taken my ring? There was a ring on my right hand. Who has drunk my wine? There was wine in my cup. It was full of wine. Some one has drunk it! Oh! surely some evil will befall some one. *(The Executioner goes down into the cistern.)* Ah! wherefore did I give my oath? Hereafter let no king swear an oath. If he keep it not, it is terrible, and if he keep it, it is terrible also.

HERODIAS

My daughter has done well.

HEROD

I am sure that some misfortune will happen.

SALOME

(She leans over the cistern and listens.) There is no sound. I hear nothing. Why does he not cry out, this man? Ah! if any man sought to kill me, I would cry out, I would struggle, I would not suffer....... Strike, strike, Naaman, strike, I tell you....... No, I hear nothing. There is a silence, a terrible silence. Ah! something has fallen upon the ground. I heard something fall. It was the sword of the executioner. He is afraid, this slave. He has dropped his sword. He dares not kill him. He is a coward, this slave! Let soldiers be sent. *(She sees the Page of Herodias and addresses him.)* Come hither. Thou wert the friend of him who is dead, wert thou not? Well, I tell thee, there are not dead men enough. Go to the soldiers and bid them go down and bring me the thing I ask, the thing the Tetrarch has promised me, the thing that is mine. *(The Page recoils. She turns to the soldiers.)* Hither, ye soldiers. Get ye down into this cistern and bring me the head of this man. Tetrarch, Tetrarch, command your soldiers that they bring me the head of Iokanaan. *(A huge black arm, the arm of the Executioner, comes forth from*

the cistern, bearing on a silver shield the head of Iokanaan. Salome seizes it. Herod hides his face with his cloak. Herodias smiles and fans herself. The Nazarenes fall on their knees and begin to pray.) Ah! thou wouldst not suffer me to kiss thy mouth, Iokanaan. Well! I will kiss it now. I will bite it with my teeth as one bites a ripe fruit. Yes, I will kiss thy mouth, Iokanaan. I said it; did I not say it? I said it. Ah! I will kiss it now....... But wherefore dost thou not look at me, Iokanaan? Thine eyes that were so terrible, so full of rage and scorn, are shut now. Wherefore are they shut? Open thine eyes! Lift up thine eyelids, Iokanaan! Wherefore dost thou not look at me? Art thou afraid of me, Iokanaan, that thou wilt not look at me......? And thy tongue, that was like a red snake darting poison, it moves no more, it speaks no words, Iokanaan, that scarlet viper that spat its venom upon me. It is strange, is it not? How is it that the red viper stirs no longer......? Thou wouldst have none of me, Iokanaan. Thou rejectedst me. Thou didst speak evil words against me. Thou didst bear thyself toward me as to a harlot, as to a woman that is a wanton, to me, Salome, daughter of Herodias, Princess of Judaea! Well, I still live, but thou art dead, and thy head belongs to me. I can do with it what I will. I can throw it to the dogs and to the birds of the air. That which the dogs leave, the birds of the air shall devour....... Ah, Iokanaan, Iokanaan, thou wert the man that I loved alone among men! All other men were hateful to me. But thou wert beautiful! Thy body was a column of ivory set upon feet of silver. It was a garden full of doves and lilies of silver. It was a tower of silver decked with shields of ivory. There was nothing in the world so white as thy body. There was nothing in the world so black as thy hair. In the whole world there was nothing so red as thy mouth. Thy voice was a censer that scattered strange perfumes, and when I looked on thee I heard a strange music. Ah! wherefore didst thou not look at me, Iokanaan? With the cloak of thine hands, and with the cloak of thy blasphemies thou didst hide thy face. Thou didst put upon thine eyes the covering of him who would see his God. Well, thou hast seen thy God, Iokanaan, but me, me, thou didst never see. If thou hadst seen me thou hadst loved me. I saw thee, and I loved thee. Oh, how I loved thee! I love thee yet, Iokanaan. I love only thee....... I am athirst for thy beauty; I am hungry for thy body; and neither wine nor apples can appease my desire. What shall I do now, Iokanaan? Neither the floods nor the great waters can quench my passion. I was a princess, and thou didst scorn me. I was a virgin, and thou didst take my virginity from me. I was chaste, and thou didst fill my veins with fire........Ah! ah! wherefore didst thou not look at me? If thou hadst looked at me thou hadst loved me. Well I know that thou wouldst have loved me, and the mystery of Love is greater than the mystery of Death.

HEROD

She is monstrous, thy daughter; I tell thee she is monstrous. In truth, what she has done is a great crime. I am sure that it is a crime against some unknown God.

HERODIAS

I am well pleased with my daughter. She has done well. And I would stay here now.

HEROD

(Rising) Ah! There speaks my brother's wife! Come! I will not stay in this place. Come, I tell thee. Surely some terrible thing will befall. Manasseh, Issachar, Ozias, put out the torches. I will not look at things, I will not suffer things to look at me. Put out the torches! Hide the moon! Hide the stars! Let us hide ourselves in our palace, Herodias. I begin to be afraid.

(The slaves put out the torches. The stars disappear. A great cloud crosses the moon and conceals it completely. The stage becomes quite dark. The Tetrarch begins to climb the staircase.)

THE VOICE OF SALOME

Ah! I have kissed thy mouth, Iokanaan, I have kissed thy mouth. There was a bitter taste on thy lips. Was it the taste of blood……? Nay; but perchance it was the taste of love…… They say that love hath a bitter taste. But what matter? what matter? I have kissed thy mouth, Iokanaan, I have kissed thy mouth.

(A ray of moonlight falls on Salome and illumines her.)

HEROD

(Turning round and seeing Salome) Kill that woman!

(The soldiers rush forward and crush beneath their shields, Salome, daughter of Herodias, Princess of Judaea.)

CURTAIN.

오스카 와일드와 오브리 비어즐리의 『살로메』[1]

오스카 와일드의 삶과 작품 세계

오스카 와일드는 19세기 말 '예술을 위한 예술(art for art's sake)'을 표방한 유미주의—혹은 탐미주의—운동의 선도적 역할을 한 시인이자 극작가이자 소설가이다. 그는 1854년 아일랜드의 더블린에서 안과 의사이자 고고학자였던 아버지와 시인이었던 어머니 사이에서 태어났다. 와일드는 더블린의 트리니티 대학과 옥스퍼드 대학에서 고전문학을 공부했는데 이미 대학 재학 시절에 시편 「라벤나(*Ravenna*)」로 뉴디기트(Newdigate) 상을 받는 등 작가로서 두각을 나타냈다. 예술의 생활화를 주창한 그는 기이한 옷차림과 행동으로 점잖은 보수주의자들을 경악케 했으나 젊은이들은 그를 우상으로 숭배했다.

데카당스 예술을 이끈 선도자답게 그의 삶은 한마디로 반사회적이

1) 본 해설은 지난 번 번역 해설과 역자가 발표한 소논문 「와일드와 비어즐리의 <살로메>에 담긴 19세기 말 신여성 이미지」, 『영미연구』 20(2009): 3-26을 토대로 재구성한 것이다.

었다. 온갖 사회의 규범과 윤리에 온몸으로 맞선 그는 1895년 알프레드 더글러스 경과의 남색(男色) 사건으로 기소되어 2년 동안 수감되었다. 와일드의 수감 사건은 중산계층이 지배권을 획득하면서 영국 사회의 성 윤리 혹은 성도덕이 얼마나 엄격해졌는가를 보여 주는 것이었다. 그들은 남색 혹은 동성애를 심각한 범죄로 여겼다. 출옥 후 와일드는 지인들의 도움을 받아 가며 곤궁하게 살다 1900년에 세상을 떠났다.

와일드는 다양한 장르의 문학 작품 속에서 날카롭고 재치 있는 언어로 빅토리아 시대의 통속적인 도덕과 양식을 조롱하고 공격했다. 그의 작품 속에서 자주 드러난 관능적이고 퇴폐적인 색채는 추함, 악, 병폐 등에서 시적인 아름다움을 찾고자 했던 탐미주의 예술가이자 점잖 빼는 영국 사회에 대한 반항아로서의 면모라고 볼 수 있다.

와일드의 대표작으로는 동화집 『행복한 왕자(*The Happy Prince)*』, 장편소설 『도리안 그레이의 초상(*The Picture of Dorian Gray*)』, 희곡 『윈드미어 부인의 부채(*Lady Windmere's Fan*)』『하찮은 여인(*A Women of No Importance*)』『진지함의 중요성(*Importance of Being Earnest*)』 등이 있다.

성경 속 살로메 이야기와 후대 예술가들의 재현

살로메 이야기는 「마태복음」 14장 6-11절과 「마가복음」 6장 17-28절에 실린 짧은 에피소드다. 기원 후 30년경에 벌어졌던 유대의 왕 헤로데의 세례 요한 참수 사건을 성경에서는 짧게 담고 있다. 성경에 따르면 헤로데 왕은 정치적으로 실각한 형 빌립보의 아내 헤로디아와 결혼한다. 그런데 예언자 요한이 그들의 근친상간적 결혼을 심히 비난했다. 빌립보와 헤로디아 사이에는 살로메라는 딸이 있었는데 헤로데의 생일잔치에서 이 의붓딸 살로메가 춤을 춰 잔치의 흥을 돋워 줬다. 그러자 헤로데는 그녀에게 원하는 것을 모두 들어 주겠다는 약속을 했고 이에 살로메는 어머니 헤로디아가 시키는 대로 요한의 머리를 요구했다.

이 성경 속 이야기를 유대인 역사학자 플라비우스 요세푸스(Flavius Josephus)가 『유대 고대사』라는 책에서 다루면서 헤로디아의 딸 이름이 살로메였다고 밝혔다. 이 이야기는 후대 예술가들에게 끊임없는 영감을 줘 많은 예술 작품의 소재가 되었다. 세례 요한의 참수 사건 자체도 극적이고 섬뜩하지만 자신이 제공한 즐거움의 대가로 사람의 목을 요구한 살로메가 끊임없이 예술가들의 상상력을 자극했기 때문이다. 많은 작품 속에서 살로메는 흔히 아름답지만 그 아름다움을 탐닉하는 사이 파멸을 맞이하게 하는 위험한 여성으로 재현되었다. 살로메는 여성의 아름다움과 매력으로 말미암은 남성의 타락과 파멸, 그에 대한 남성들의 집단 공포감이 잘 담겨 있는 문화 기호다.

회화에서 살로메가 등장한 것은 6세기 이후로 복음서에 삽화의 형태로 등장하기 시작했다. 당시 화가들은 대체로 두 장면을 그렸는데 하나는 요한의 참수 장면이고 다른 하나는 살로메가 쟁반에 담긴 요한의 목을 바라보거나 들어 올리는 장면이었다. 그러다가 르네상스 시대부터

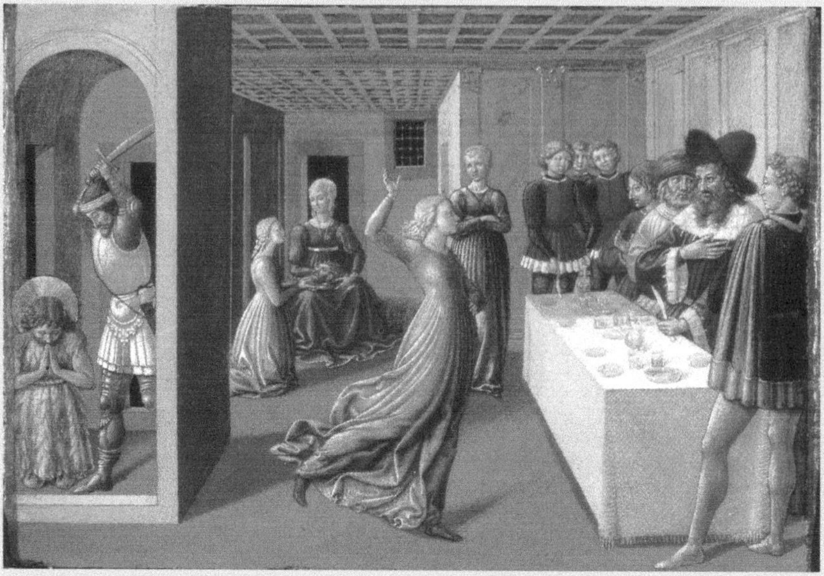

베노초 고촐리, 살로메의 춤

베첼리오 티치아노, 살로메

귀스타브 모로,
헤로데 앞에서 춤을 추는 살로메

귀스타브 모로, 살로메

귀스타브 모로, 현현

살로메가 춤추는 장면들이 그려지기 시작한다.

19세기 들어서면서 살로메는 위험하고 관능적인 여성의 대표적 이미지로 다시 조망되기 시작하고, 이때부터 전통적이고 전형적인 도상에서 벗어나 다양하게 발전되어 갔다. 특히 상징주의 화가 귀스타브 모로(Gustav Moreau)의 살로메 연작인 <살로메><헤로데 앞에서 춤을 추는 살로메><현현(顯顯)>이 그 대표적 예다. 남성을 파멸시키는 사악한 여성의 이미지를 즐겨 그린 모로의 살로메는 이국적인 배경 속에서 남성들과 팽팽한 대결을 벌이거나 그들을 전적으로 압도하고 있다. 거부할 수 없는 아름다움과 악마적 매력으로 가득한 모로의 그림 속 살로메에서 와일드는 그의 탐미적 시극 『살로메』의 모티브를 제공받았다.

살로메 이야기가 소재인 문학 작품도 많다. 하인리히 하이네(Heinrich Heine)가 1841년에 집필한 『아타 트롤(Atta Troll)』에서 요한의 참수된 머리에 키스했다가 그것을 허공에 집어던지는 행위가 등장한다. 와일드는 이런 하이네의 묘사에도 영향을 받은 것으로 추측된다. 프랑스 데카당스 문학의 대표 작가 중 한 명인 스테판 말라르메(Stephane Mallarme)와 귀스타브 플로베르(Gustave Flaubert)도 각각 『헤로디아』를 썼다. 플로베르는 요한의 그리스어 표기에 따라 'Iaokanann'이라고 적었는데 와일드가 이 표기에 영향을 받은 것으로 추정된다.

오스카 와일드의 『살로메』

19세기 말 데카당스 예술을 주도했던 와일드에게 살로메 이야기는 아주 매력적인 소재여서 그는 1892년에 불어로 『살로메』를 썼다. 이것을 그의 동성애 상대였던 더글러스 경이 1894년에 영어로 번역하고 오브리 비어즐리의 일러스트레이션을 삽입해 출간했다. 와일드의 『살로메』는 성경과는 달리 어머니의 요청 때문이 아니라 자신의 사랑을 거부한 이오카난에 대한 복수심과 그의 육체를 소유하고자 하는 욕망 때문에 살로메가 이오카난의 목을 원하는 것으로 설정되어 있다. 이렇게 와일드는 살로메를 욕망의 화신으로 설정함으로써 그녀에게 보다 복잡한 성격을 부여했다. 즉 와일드의 극 속에서 살로메는 많은 이의 욕정의 대상이면서 동시에 그녀 자신의 강렬한 욕정의 희생자가 된다. 와일드는 이 극에서 사랑하는 사람의 목숨을 빼앗고 자신의 목숨마저 잃는 파멸적인 사랑의 힘을 괴기스러우면서도 시적 아름다움으로 극화하고 있다.

이 극은 소재만 성서에서 빌려온 것이 아니다. 수많은 대사를 성서에서 차용했는데 대체로 「이사야서」, 「복음서」, 「아가서」, 「계시록」에서 차용했다. 특히 살로메가 요한의 아름다움을 찬미하는 표현들은 「아가서」에서 상당히 많이 빌려왔다. 뿐만 아니라 젊은 시리아인이 살로메의 아름다움을 찬미하는 부분에도 「아가서」에서 차용한 것이 많다. 「계시록」은 주로 이오카난이 하는 예언에 차용했다. 하지만 이 극은 『성서』의 내용을 모독했다는 이유로 공연이 금지되었다. 루브르 극

장에서 초연된 건 2년 뒤인 1896년의 일이다. 1905년에는 리하르트 슈트라우스가 독일어판 『살로메』를 바탕으로 오페라를 작곡해 대성공을 거두었다.

• 비정상적 에로티시즘

죽음과 피, 비정상적인 성적 욕망, 그로테스크한 상징 등으로 넘쳐나는 이 극은 그야말로 세기말의 병적 감수성의 진수라고 할 수 있다. 이 극에는 여러 금지된, 위험한 욕망이 등장한다. 이미 헤로데와 헤로디아의 결혼도 근친상간이라는 금지된 욕망의 결과이고, 의붓딸인 살로메에 대한 헤로데 왕의 근친상간적 욕망, 성자 요한을 향한 살로메의 욕망, 젊은 시리아인 호위대장을 향한 헤로디아 시종의 동성애적 욕망, 죽은 요한의 시체를 향한 살로메의 욕망 등 온갖 금기시된 욕망이 극을 가득 메우고 있다. 작가 생애에서도 설명했듯이 와일드가 활동했던 빅토리아 시대는 중산층의 엄격한 성 윤리가 지배하던 시대였다. 그래서 이 극이 처음 발표되었을 때 극 속에 담긴 남색, 시체 에로증, 근친상간 등 퇴폐적 혹은 병적 에로티시즘은 많은 이에게 충격을 줬다. 시대의 반항아였던 와일드는 억압적 시대사상에 대한 반발로 이 극 속에 이런 퇴폐적 에로티시즘을 담아낸 것이다. 물론 이 극에 담긴 에로티시즘이 도착적이고 충격적이기는 하지만 노골적인 성적 표현이나 묘사는 없다. 와일드는 집착과 탐닉을 나타내는 반복적인 대사와 상징적인 신비감을 통해 은밀하게 등장인물들의 비정상적인 성 심리를 보여 주고 있을 뿐이다.

• 성 역할의 전복

빅토리아 시대에 여성의 사회적 입지와 법적 권리를 신장하려는 신여성 운동이 일어났다. 많은 신여성 운동 작가들 역시 성적으로 아주 대담하고 자유로운 여 주인공들을 창조해 냈다. 신여성 운동이 '성적 퇴폐'가 주요 특징으로 여겨지는 데카당스 예술과 연결되는 것도 바로 이 지점이다. 신여성 운동과 데카당스 예술 모두 기존 문화에 대단히 위협적인 문화 아나키즘(anarchism)으로 여겨졌다. 그래서 샐리 레저(Sally Ledger)는 당시 영국 사회의 화두는 불안(instability)으로 그 중에서도 "젠더는 가장 동요가 심한 범주"였다고 주장했다. 일레인 쇼왈터(Elaine Showalter)도 『성 무정부주의: 세기말 성과 문화(*Sexual Anarchy:Gender and Culture at the Fin de Sicle*)』에서 이런 혼란 상태를 '성 무정부주의(sexual anarchy)'라고 표현했다.[2]

와일드의 『살로메』에서도 성의 주체권을 두고 남녀가 심한 권력투쟁을 벌일 뿐만 아니라 남성과 여성의 역할이 전도되어 있다. 살로메는 작품 속 남성 인물들과 성 대결을 벌여 결국 그들을 파멸하거나 압도한다. 살로메는 헤로데 왕이 금지한 요한과 접촉하기 위해 젊은 호위대장인 나라보스의 자신에 대한 애정을 이용하고, 자신의 애정을 거부한 요한에

---

2) 두 주장 모두 노애경, 「Salome를 통해 본 오스카 와일드의 성적 전략」, 『현대 영미드라마』, 17-3(2004): 77-78에서 재인용

대한 복수를 위해 헤로데 왕의 자신을 향한 욕망을 이용한다. 그녀는 치명적인 성적 매력으로 남성들을 무력하게 만들 뿐만 아니라 성의 표현에 있어서도 거침없고 솔직 대담하다. 살로메는 전형적인 신여성 이미지를 담고 있다. 제인 마커(Jane Marcus)는 『예술 & 분노: 여자처럼 읽기(*Art & Anger: Reading like a woman*)』의 첫 장 제목을 '유대 공주는 신여성이었다(The Jewish princess was a new woman)'로 붙였다.

여기서 우리가 주목해야 할 점은 흔히 남성들이 여성들에게 투사하는 욕망을 살로메도 지녔다는 데 있다. 남성들이 가지는 순결한 여성에 대한 찬미와 욕망을 살로메는 요한에게서 느낀다. 전통적으로 여성에게 요구되는 미덕인 순결함을 요한에게 느낌으로써 살로메는 그동안 남성의 위치로만 여겨지던 바라보고 욕망하는 위치를 차지한다. 이에 요한은 가는 몸매, 하얀 피부, 빨간 입술, 풍성한 검은 머리 등 그동안 매력적인 여성들의 묘사에서 그려지던 육체의 소유자가 된다. 이렇게 와일드는 이 극에서 전복적인 성 관계를 제시한다.

• 살로메, 팜므 파탈의 전형적 이미지

이 극 속에 그려진 살로메는 '아름답지만 무자비한 파괴적 힘을 지닌 여성'으로 세기말에 유행한 팜므 파탈(famme fatale)의 대표적인 이미지다. 이전에도 여자의 성적 매력의 위험성을 다룬 작품은 있었지만 19세기 후반에 들어서자 팜므 파탈에 대한 두려움은 더욱 극대화되었다. 이는 당시 유행한 매독으로 인해 갖게 된 여성과 죽음의 연관성 탓도 있겠지만 당시 본격화되던 신여성 운동의 영향도 적지 않다. 즉 팜므 파탈은 모든 면에서 독립과 주도권을 주장하던 신여성에게서 심한 위협을 느낀 남성들의 집단 무의식의 산물이라 할 수 있다.

남자들은 늘 여성에게 거세당하지 않을까 두려워하는 성 심리를 지녀 왔다. 이런 거세에 대한 두려움은 많은 예술 작품에서 직접적인 표현보다는 상징적인 전이를 통해 다뤄져 왔는데, 살로메나 유디트 이야기에서처럼 성기 대신 머리가 잘리는 것도 이런 전이 가운데 하나다.

이런 상징적 거세 행위뿐만 아니라 살로메의 팜므 파탈로서의 면모는 자신을 사모하다 자살하는 젊은 호위대장이나 이오카난의 죽음에 대해서 일말의 도덕적 인식이나 책임감을 느끼지 않고 오로지 자신의 욕망에만 매달리는 냉혹성에 있다. 자신을 사모하다 죽은 자의 피 위에서 추는 춤, 자신을 거부한 남성의 육체를 소유하기 위해 그를 살해하는 사디즘적 행동, 죽은 이오카난의 입술에 입을 맞추는 시체 에로증 등에 살로메의 잔혹한 악마적 속성이 담겨 있다.

이에 너무나도 아름다운 살로메에 매혹되어 자신이 그토록 지키고 싶었던 이오카난의 목을 내줄 수밖에 없었던 헤로데는 그녀에게 두려움을 느낀 나머지 그녀를 죽이라는 명령을 내린다. 그리고 살로메는 병사들에게 짓눌려 죽음을 맞이한다. 『성서』에는 없는 이런 설정으로 인해 와일드의 살로메에 대한 묘사는 복잡한 양상이 된다. 살로메를 전통적인 성 역할을 거부한, 주체적이고 적극적인 신여성으로 그린 와일드 자신도 성욕 주체로서의 여성에 대해서는 다른 남성들과 마찬가지로 두려움과 공포를 지녔다고 볼 수 있다.

• 작품의 문학적 가치

『살로메』의 문학적 가치로 전체 극이 내뿜고 있는 시적 아름다움을 꼽을 수 있다. 당시 살로메 역을 하기로 예정되어 있었던 여배우 사라 베르나르(Sarah Bernhardt)는 이 극에 대해 "각 단어는 수정 쟁반 위에 떨어지는 진주 같아요. 너무 빨리 떨어지지도 않고 대단히 멋진 모습으로 떨어지는……"이라고 소감을 말했다고 한다. 1931년에 캠브리지의 페스티벌 시어터 공연을 연출한 테렌스 그레이(Terence Gray)도 이 극의 뛰어난 점은 그 언어 구사에 있으며, 자신은 이 극의 인물이 아니라 음악성과 율동성 때문에 연출했다고 말했다.[3] 1896년 3월 1일자 《라 플륨》(*La Plume*)지 역시 뤼네 포(Lugne-Poe)가 연출한 파리 공연에 대해 "<살로메>는 시가 지닌 모든 속성을 갖추고 있다. 그 산문극은 시처럼 흐르고 음악적이며 이미지와 은유로 가득하다"고 평했다.

와일드도 극 속의 반복되는 소절이 음악에서 반복되는 동기와 결부된 것이라고 설명한 바 있다. 그의 주장처럼 이 극 속 등장인물들은 비슷한 대사를 반복한다. 나라보스는 "공주님이 오늘따라 너무 아름다워"라는 대사를 반복하고, 살로메는 거의 비슷한 패턴으로 이오카난의 몸·머리·입술 등 신체 부위에 대한 아름다움을 찬미하고 그것을 만지거

3) Peter Raby, "Introduction", *The Importance of Being Earnest and Other Plays*. London: Oxford, 1995, xiii-xiv에서 재인용

나 키스하게 해 달라는 말을 반복한다. 헤로데는 살로메에게 춤을 춰 달라는 부탁과 춤을 추면 원하는 것은 무엇이든 들어 주겠다는 말을 반복한다. 헤로디아와 헤로디아의 시종도 각각 헤로데와 나라보스에게 살로메를 너무 많이 본다고, 그만 좀 보라고 반복적으로 말한다.

이런 등장인물들의 반복적인 대사는 대단히 시적인 음악성을 창출하면서 인물들의 집착적 성 심리를 담아낸다. 의도적으로 반복되는 대사는 인위적인 유미주의의 속성으로도 볼 수 있다. 이 외에도 거의 모든 등장인물의 아름다운 것에 대한 집착을 통해 와일드는 유미주의 철학을 담아내고 있다. 나라보스와 헤로데의 아름다운 살로메에 대한 집착, 살로메의 순결하고 아름다운 요한에 대한 집착, 헤로데의 온갖 진귀하고 아름다운 물건들에 대한 탐닉 등이 그 예이다.

『살로메』의 또 다른 문학적 가치로 작품 전체를 가득 채우고 있는 상징적 이미지들을 들 수 있다. 가장 중요한 상징은 바로 '달'이다. 많은 사람의 눈에 달은 살로메의 이미지에 상응하는 존재로 그들은 달에서 각자 다른 살로메를 읽는다. 젊은 시리아인 나라보스에게 달은 "호박 눈을 한 작은 공주"이고, 헤로디아 시종에게 달은 "희생물을 찾는 죽은 여자"다. 헤로데의 눈에는 달이 "짝을 찾아 헤매는 미친 여자"로 보인다. 이 묘사들은 각자의 위치에서 바라보는 살로메의 모습임과 동시에 앞으로 살로메에게서 구현될 모습이기도 하다. 헤로디아 시종이 해석한 달처럼 결국 살로메는 젊은 시리아인의 죽음을 불러왔고, 헤로데가 본 것처럼 살로메는 미친 듯이 이오카난의 사랑을 구걸한다. 반면 살로메는 달에서 자신이 사랑하는 이오카난을 읽는다. 살로메는 달의 차갑고 정숙한 면을 보는데 바로 그건 신성한 이오카난의 면모다. 결국 달은 등장인물들의 집착 관념을 담아내는 상징적 도구인 셈이다. 게다가 이 극 속 달은 핏빛을 머금고 있다. 이미 서양의 전통적인 이분법에서 달은 비이성, 어두움, 불길함의 상징으로 그려져 왔는데 와일드는 보다 괴기적으로 살로메를 나타내는 이미지로 달을 사용함으로써 그녀의 속성을 비정상, 파멸, 죽음 등 그로테스크한 점들과 연결시키고 있다.

주제 면에서도 이 작품은 인간의 영구한 문제를 탐색하고 있다. 즉 이 극에서는 '육을 좇을 것인가, 영을 좇을 것인가', '감정을 좇을 것인가, 이성을 좇을 것인가' 하는 인류의 보편적 갈등 양상이 펼쳐지고 있다. 헤로데는 세례 요한과 헤로디아 사이에서 또 세례 요한과 살로메 사이에서 갈등한다. 헤로데가 육신의 욕정을 이기지 못하고 살로메의 춤에 대한 대가로 어쩔 수 없이 자신이 경외하는 이오카난의 목을 내어주는 과정에서 느끼는 고통과 번민의 모습에 감정과 이성, 두 가지 안에서 갈등하고 머뭇거리는 모든 인간의 모습이 담겨 있다. 헤로디아, 젊은 시리아인, 살로메, 헤로데까지 모든 이의 격정은 이들의 마음에 후회와 고통, 파멸을 가져온다.

지금까지 살펴본 문학적 가치 외에 공연 면에서도 헤로데 왕의 생일 잔치라는 화려한 연회와 살로메의 뇌색적인 일곱 베일 춤 등의 요소로 이 극은 대단히 화려한 무대 연출이 가능한 작품으로 평가받고 있다.

오브리 비어즐리의 〈살로메〉

오브리 비어즐리는 19세기 말 데카당스 예술을 대표하는 화가다. 그는 25세의 젊은 나이에 폐결핵으로 사망할 때까지 약 5년간 작품 활동을 했다. 비록 이렇게 짧은 기간 동안 화가로 활동했지만 그의 그림 속에는 19세기 말의 지적·예술적 특징과 이념이 잘 담겨 있다. 비어즐리는 《스튜디오(*The Studio*)》《옐로우북(*The Yellow Book*)》《사보이(*The Savoy*)》 등 당시 대단히 급진적이고 심미주의적 성향을 지닌 잡지들에 작품을 많이 발표했다. 독창적인 세계를 개척했던 비어즐리는 당대의 많은 디자이너와 공예가, 화가들에게 영향을 줬다. 입체감의 묘사나 세부적인 표현을 생략한 대담한 평면 구성, 강렬한 흑백의 대비, 날카롭고 깔끔하면서도 활기찬 선, 감각적인 장식 등이 아르누보 양식의 형성에 크게 기여했다.

일러스트레이션 분야에서 비중 있는 작품들을 많이 남긴 비어즐리는 토마스 말러리 경(Lord Thomas Marlory)의 『아더 왕의 죽음(*Le Morte d'Arthur*)』, 알렉산더 포프의 『머리칼 강간(*The Rape of the Lock*)』, 아리스토파네스의 『리시스트라타(*Lisistrata*)』 등의 삽화를 그렸다. 비어즐리의 삽화들은 텍스트의 내용에 얽매이지 않은, 화가 자신의 상상력과 주관적 해석으로 유명하다. 조형 면에 있어서도 다양한 율동적인 선과 면을 이용해 새롭고 세련된 느낌의 일러스트레이션을 제시했다. 비어즐리의 파격적인 그림들은 빅토리아 시대의 보수적인 대중들로부터 심한 비난을 받았다. 기법이나 양식의 새로움 때문이기도 했지만 그보다는 주제의 퇴폐성 때문이었다.

1893년 프랑스에서 와일드가 쓴 불어판 『살로메』가 출판된 뒤 비어즐리는 이 작품을 소재로 한 그림들을 그려 《스튜디오》지에 기고했다. 이 그림들을 보고 비어즐리에게 관심을 갖게 된 와일드는 "일곱 베일의 춤에 대한 진술을 완전하게 이해하고 있으며 이 보이지 않는 춤을 정확하게 볼 줄 아는 나 이상의 유일한 예술가 오브리 비어즐리에게"란 글과 함께 『살로메』 한 권을 비어즐리에게 보냈다고 한다. 이를 계기로 1894년에 출간된 영역본의 삽화를 비어즐리가 그리게 되었다.

일본 목판화의 영향을 보여 주는 검은 평면과 흰 여백, 인물의 대담한 배치와 구성, 길게 늘여진 신체의 왜곡과 그것이 불러일으키는 우아함, 화려한 아라베스크 장식 등 비어즐리 특유의 양식들이 『살로메』 일러스트레이션에 고스란히 담겨 있다. 비어즐리는 이 삽화들에서 사실적인 묘사보다는 생략과 압축을 통한 상징적 묘사를 추구했으며 장식적인 요소를 강조했다. 극단적인 인체 왜곡 등에서 탐미주의 예술가들이 추구하는 인위적 예술성 등을 엿볼 수 있다.

와일드의 『살로메』처럼 비어즐리의 『살로메』 삽화 또한 악마적이고 일탈적인 성적 요소들로 인해 센세이션을 불러일으켰다. 비어즐리는 이 삽화에서도 단순히 와일드 극의 줄거리를 도해하는 데 연연하지 않고 독자적이고 주관적인 해석과 구성을 추구했다. 그의 삽화는 와일드의 텍스트를 능가하는 관능성과 악마성을 보여 준다. 다만 비어즐리가 재현한 살로메는 전형적인 팜므 파탈의 도상과는 다소 차이가 있다. 19

세기 화가들이 여성을 대단히 위협적이고 도발적으로 그리고 있기는 하지만 비어즐리의 그림 속 여성들은 더욱 악마적으로 재현되어 그 강렬함이 가히 충격적이다. 전통적으로 살로메는 매력적이고 아름답지만 냉담한 여성으로 그려져 왔다. 그러나 비어즐리는 그녀에게서 아름다운 요소는 제거하고 가학자로서의 잔인함과 강인함 그리고 에로티즘만을 내뿜는 여성으로 재현하고 있다. 비어즐리는 살로메의 아름다움보다는 그녀의 사악함과 관능미에 초점을 둔 것이다.

비어즐리는 살로메가 남성 상대들을 압도하도록 그리고 있다. 우선 요한을 만나기 위해 자신을 사모하는 나라보스에게 조르는 살로메를 그린 <공작새 스커트(The Peacock Skirt)>를 보면 왼쪽의 살로메의 머리와 스커트가 오른쪽의 나라보스 쪽으로 넘어와서 꼭 그를 감싸는 듯하다. 이는 심리적으로 나라보스가 살로메에게 완전히 압도당한 상황을 형상화하고 있다고 볼 수 있다. 이 그림에서 살로메는 화려한 공작무늬 스커트를 입고 머리는 공작 깃털로 화려하게 장식하고 있는 반면 나라보스의 의상은 아주 초라하다. 이 또한 나라보스를 압도하는 살로메를 상징적

공작새 스커트

으로 보여 주는 재현으로 볼 수 있다.

비어즐리의 삽화에는 이 그림에서처럼 공작무늬 패턴이나 공작의 깃털 머리 장식이 자주 등장한다. 와일드의 『살로메』 텍스트에서도 아름다운 공작새는 헤로데 왕이 진귀하게 여기는 보물들 중 하나로 등장하는데, 그럴 만도 한 것이 19세기에 공작은 대단히 심미주의적인 탐닉의 소재 가운데 하나였고 당시 화가들이 즐겨 사용하던 장식 문양이었다. 비어즐리는 이 그림에서 실제 공작을 살로메와 함께 그림으로써 유미주의 화가 특유의 인위성과 장식 효과에 대한 탐닉을 담아낸다.

<요한과 살로메(John and Salome)>도 정도는 덜하지만 요한이 살로메에게 밀리는 듯한 구도다. 요한에게 고개를 내민 살로메와 그녀를 피해 약간 물러난 요한의 화면 구도나 포즈로 요한이 살로메에게 밀리는 듯한 느낌을 창출하고 있다. 이는 전통적인 성 역할을 깨고 남성보다 적극적인 살로메를 담아내기 위한 구성으로 보인다. 살로메 옆에 그려진 장미 넝쿨은 살로메가 요한에게 느끼는 성적 욕망을 암시한다.

요한과 살로메

이 그림들에서 볼 수 있듯이 비어즐리는 인체를 정상적인 비례에서 벗어나 과감하게 변형하고 있다. 특히 살로메는 9~12등신까지 신체를 매우 가늘고 길게 변형했는데 매너리즘 스타일의 이런 긴 인체는 우아한 느낌을 준다. 비어즐리의 이렇게 왜곡된 인체의 극단적인 표현, 여러 장식적 문양 등에서 탐미주의자들의 인위적인 면, 양식 자체에 대한 집착을 엿볼 수 있다.

<헤로데의 눈(The Eyes of Herod)>을 보면 화면 오른쪽 구석에 그려진 헤로데를 화면 중앙에서 살로메가 경멸하듯이 혹은 비웃듯이 내려다보고 있다. 이 그림에서도 살로메는 공작새 깃털로 화려하게 머리 장식을 하고 있고 살로메 아래쪽에 크게 공작이 그려져 있다.

<배춤(The Stomach Dance)>에서는 살로메 때문에 자결한 나라

요한과 살로메

배춤

보스의 피가 살로메의 춤과 함께 장미 꽃송이로 피어오르고 있다.

이 꽃송이는 위험하고 파멸적인 욕정을, 그녀의 춤은 잔인하고 불길한 것을 상징한다. 비어즐리는 살로메의 춤에 반주하는 자를 괴물로 형상화함으로써 괴기스러움을 더하고 있다. 여기서 살로메의 성기 쪽을 향해 들려진 괴물의 악기는 남성 성기로 읽힌다.

무희의 포상

이 그림들에서처럼 비어즐리는 어린 소년 소녀, 아기, 광대, 난쟁이, 괴물 등 극에 등장하지 않는 존재들을 살로메와 헤로디아의 시종들로 삽입하면서 괴기스러운 분위기를 강조한다. 이는 악마주의적 감성을 지녔던 데카당스 예술가들의 취향을 여실히 보여 준다. <무희의 포상(The Dancer's Reward)>과 <절정(The Climax)>도 그렇다.

절정

<무희의 포상>에서 죽은 요한의 머리카락을 움켜쥐고 있는 살로메의 난폭한 몸짓과 사악한 표정은 그녀의 사디즘적 성도착을 보여 준다. 피가 쟁반 아래로 흘러내리는데도 살로메는 요한의 머리채를 쥐고 있다. <절정>은 비어즐리의 살로메 연작 가운데 가장 유명한 작품으로 살로메의 욕망과 탐닉이 가장 괴기스럽게 재현된 그림이다. 피가 흘러내리는 요한의 목을 들고 승리감에 취해 허공에 떠 있는 살로메를 괴기스럽게 담아내고 있다. 요한의 목에서 흘러내린 피에서는 백합이 피어오르고 있다. 이건 목숨으로 지킨 요한의 순결을 암시하는 것이다. 결국 이 그림은 살로메의 승리감과 성적 쾌감, 동시에 사악함의 절정이다.

비어즐리는 이 외에도 와일드의 텍스트에는 없는 독자적 삽화인 <살

살로메의 화장

앉아 있는 살로메

검은 망토

로메의 화장>, <앉아 있는 살로메>, <검은 망토> 등의 삽화를 그렸다. 비어즐리는 등장인물의 심리나 특징을 나타내고 아울러 장식적 효과를 내기 위해 공작 깃털, 장미, 광대, 가면 등의 모티브들을 반복적으로 사용한다. 이런 모티브는 모두 와일드의 작품과는 무관한 것으로 비어즐리의 독자적인 작품 해석과 주관적인 서술을 보여 준다. 그럼으로써 비어즐리는 이전에는 텍스트의 내용을 도해하는 것에 머물렀던 일러스트레이션의 세계에 화가의 독자적 해석과 상상력이라는 새로운 영역을 개척했다.

독특한 화면 구성과 유려한 선의 사용, 주관적인 작품 해석 등 일러스트레이션계에 새로운 영역을 개척한 비어즐리의 미술사적 가치는 대단하다. 그러나 여성론적 관점에서 볼 때 비어즐리는 당대의 그 어떤 예술가들보다도 여성을 악마적이고 괴기스런 이미지로 재현했다. 이런 점에서 와일드와 마찬가지로 그에게서도 세기말 남성들의 팜므 파탈에 대한 집단 의식적 두려움을 엿볼 수 있다.

Salome

살로메

살로메

초판 인쇄	2019년 10월 29일
초판 발행	2019년 11월 5일
지은이	오스카 와일드
옮긴이	권오숙
그림	오브리 비어즐리
발행인	김인철
총괄 · 기획	가정준 Director, University Knowledge Press
편집장	신선호 Executive Knowledge Contents Creator
기획 · 물류	이현진 Planning Expert
사전 · 도서편집	정준희 Contents Creator
전자책 · 도서편집	장혜린 Contents Creator
도서편집	이병철 Contents Creator
	이근영 Contents Creator
재무관리	강현주 Managing Creator
발행처	한국외국어대학교 지식출판콘텐츠원 02450 서울특별시 동대문구 이문로 107 전화 02)2173-2493~7 팩스 02)2173-3363 홈페이지 http://press.hufs.ac.kr 전자우편 press@hufs.ac.kr 출판등록 제6-6호(1969. 4. 30)
디자인 · 편집	(주)이환디앤비 02)2254-4301
인쇄 · 제본	(주)트윈벨미디어 02)2088-1810

ISBN 979-11-5901-610-3 03840 정가 22,000원

*잘못된 책은 교환하여 드립니다.

HU;NE 은 한국외국어대학교 지식출판콘텐츠원의 어학도서, 사회과학도서, 지역학 도서 Sub Brand이다. 한국외대의 영문명인 HUFS, 현명한 국제전문가 양성(International +Intelligent)의 의미를 담고 있으며, 휴인(携引)의 뜻인 '이끌다, 끌고 나가다'라는 의미처럼 출판계를 이끄는 리더로서, 혁신의 이미지를 담고 있다.